루[...]

루쉰[...]중
국의[...]명은
저우[...]별명이다. 그는 24세 때
일본 센다이 의학전문학교에 입학했지만 2년 후 자퇴하
고 문학 활동을 시작했다. 그는 의학교에 진학하고 자퇴
한 사정에 대해 다음과 같이 썼다(본문 162쪽 참조).

> "내가 의학을 공부하기로 결심한 원인 가운데 하나는
> 새로운 의학이 일본의 유신에 아주 큰 도움을 주었다
> 는 사실을 똑똑히 알고 있었기 때문이었다. 그래서 나
> 는 센다이 의학전문학교에 들어가 2년 간 공부했다.
> 그때는 마침 러일전쟁 시기라 우연히 영화에서 한 중
> 국인이 정탐했다는 이유로 참수당하는 장면을 보았
> 다. 그때 중국에서 몇 사람을 잘 치료해주는 것은 소
> 용없는 일이고, 더 광범위한 운동(우선적으로 신문
> 예를 제창하는 것)을 벌여나가야 한다는 사실을 깨
> 달았다."

루쉰이 작가로서 출발한 첫 번째 작품은 1918년 〈신청
년〉 잡지 5월호에 실은 단편소설 '광인일기'이다. 이 작품
은 중국의 봉건적 전통 문화를 비판하면서 프롤레타리
아 독재를 위한 민중의 각오와 행동을 촉구하는 내용을
담고 있다. 1921년 베이징의 신문 〈천바오[晨報]〉에 '아
Q정전(阿Q正傳)'을 연재했는데, 봉건적인 중국 사회가
만들어낸 민족적 비극을 풍자한 이 작품으로 루쉰은 명
성을 얻었고 작가로서의 위상을 굳건히 하게 되었다. 루
쉰은 수필 '나는 왜 소설을 쓰게 되었는가(1933)'에서
"나는 병든 사회의 수많은 불행한 사람들로부터 소재를
찾았다. 그 의도는 질병과 고통을 거론하여 치료의 필요
성을 환기하는 데 있었다"라고 스스로 밝히기도 했다.

매일 읽는 루쉰

The Daily Lu Xun

# 매일 읽는
# 루쉰

루쉰 지음
조관희 엮고 옮김

일러두기

1. 이 책에 나오는 중국인들의 인명과 지명은 고대나 현대를 불문하고 모두 원음으로 표기하였다. 아울러 중국어의 한글 표기는 문화체육부 고시 제1995-8호 '외래어 표기법'에 의거하되, 여기에 부가되어 있는 일부 표기 세칙은 적용하지 않았다. 대표적인 것이 설면음 ji, qi, xi의 경우다. 이를테면, '浙江'과 '蔣介石'의 경우 '외래어 표기법'에 따르면 '저장', '장제스'로, 표기해야 하지만, 나는 이게 부당하다고 여겨 원음 그대로인 '저쟝'과 '쟝졔스'로 표기하였다.

# 들어가는 말

루쉰은 20세기 초기에 활동했던 문인이다. 하지만 여전히 많은 사람이 그를 불러내고 있다. 그것은 그가 남긴 메시지가 현재까지도 유효하기 때문이다. 루쉰은 중국 최초의 현대소설인 『광인일기』를 비롯해 『아큐정전』과 같은 중국 현대문학을 대표하는 소설들을 썼다. 그뿐 아니라 외국 문학을 번역해 중국에 소개한 번역자로, 무엇보다 중국의 암울한 현실을 통렬하게 비판한 산문가로도 왕성한 활동을 했던 전방위적인 문필가였다. 혹자는 그런 루쉰을 중국 현대를 대표하는 사상가로 칭송하기도 한다.

루쉰을 20세기를 대표하는 문인으로 띄워준 것은 마오쩌둥이었다. 루쉰 사후인 1940년 1월 9일 마오쩌둥은 산간닝陝甘寧 변구 문화협회 제1차 대표대회에서 '신민주주의론'이라는 연설을 하며 다음과 같이 루쉰을 평가한 바 있다.

　루쉰은 바로 이 새 문화부대의 가장 위대하고 용감한 기수이다. 루쉰은 중국 문화 혁명의 주장主將이다. 그는 위대한 문학가일 뿐 아니라 위대한 사상가이자 혁명가이다. 루쉰은 가장 강직한 성품으로 노예 근성이나 아첨하는 태도가 추호도 없었다. 이 점은 식민지, 반식민지 인민에게 가장 고귀한 성격이다. 루쉰은 문화 전선에서 전 민족의 대다수를 대표하여 적을 향해 맹렬히 진격해간 정확하며 가장 용감하고 가장 굳세고 가장 충실하고 가장 열렬한 공전의 민족 영웅이었다. 루쉰의 방향이 바로 중국 민족 신문화의 방향이다.

　이런 마오쩌둥의 선언에 의해 루쉰은 중국에서 불멸의 존재로 추앙받게 되었으며, 현재까지도 그 명성을 잃지 않고 있다. 마오쩌둥의 루쉰에 대한 평가가 마땅한 것인지에 대한 논의와 별도로 루쉰의 저작들에 담겨 있는 여러 경구는 시대를 초월해 많은 사람에게 큰 울림을 주었던 게 사실이다. 그것은 중국에만 국한된 것이 아니었다.

우리나라에서 중국 현대문학이 제대로 소개되고 연구된 것은 1980년대 이후라 할 수 있다. 그 뒤 국내에도 많은 연구자가 루쉰에 대한 연구를 진행해 많은 논문과 저작을 쏟아내었다. 최근에 완간된 우리말 번역본 『루쉰전집』은 그간의 연구 성과들의 결과물이라 할 수 있다. 물론 시기적으로 볼 때 『루쉰전집』의 완역은 조금 늦은 감은 있지만, 이를 통해 국내의 루쉰 연구가 한 걸음 더 도약할 수 있는 계기가 마련되었다는 것은 부인할 수 없다.

하지만 전문 연구가들의 저작이나 방대한 분량의 『루쉰전집』은 일반인들이 쉽게 범접할 수 없는 높은 장벽인 것은 틀림없는 사실이다. 그래서 시중에는 이제껏 루쉰의 글 가운데 정수精髓만을 선별해 놓은 선집이나 앤솔로지 류의 책이 제법 많이 나와 있다. 이 책 역시 그런 류의 선집 가운데 하나이다. 하지만 특징적인 것은 루쉰의 주옥같은 문장들을 가려 뽑아 매일 조금씩 읽어나갈 수 있게 만들었다는 것이다. 물론 글의 순서는 엮어 옮긴 이의 자의적인 판단에 의한 것이기에 큰 의미는 없다. 독자 입장에서는 아무 데나 마음 가는 대로 골라 읽으면 그만이라는 것이다.

루쉰은 혁명이 모든 것을 해결해 줄 거라 생각하지 않았다. 인간 사회가 안고 있는 문제들이 일거에 해결된다는 것은 몽상가들의 환상에 불과하다는 게 루쉰의 생각이었다. 우리 사회는 어떠한가? 군사독재가 횡행하던 암울했던 시절에는 민주화가 이루어지면 모든 게 해결될 거라 생각했다. 하지만 막상 군사독재 정권이 물러났지만, 우리 사회는 기대했던 것만큼 많은 진보를 이루어냈는가? 또 다른 문제들이 우리 사회를 암담하게 만들지는 않았는지. 문제는 깨어나지 못한 우매한 대중의 퇴행적 선택으로 우리 사회는 전진을 하지 못하고 매번 제자리걸음을 하고 있다는 데 있다. 루쉰이 그런 우매한 대중을 '아큐'라는 형상으로 은유했다면, 우리 사회 내에도 그런 아큐 같은 존재들이 역사적 진보에 딴지를 걸고 있는 게 아닐까? 그런 맥락에서 루쉰의 촌철살인은 여전히 우리의 정수리에 내리꽂힌다.

이 책의 번역문은 『루쉰전집』이나 기타 이미 나온 번역문들을 참고하되 옮긴 이 나름대로 다시 손을 보았다. 번역이라는 것은 무한한 경우의 수만큼 다양한 가능성을 갖고 있기에 이의를 제기할 수 없는 확정된 완역이라는 것은 있을 수 없다. 옮긴 이는 옮긴 이만의 느낌으로 루쉰의 글이 갖고 있는 의미와 분위기를 살려내려 했다.

예전에 비하면 많이 나아졌다고는 하나 아직도 우리 사회가 갈 길이 멀다는 건 옮긴 이 혼자만의 생각일까? 365일 매일매일 루쉰의 글을 조금씩이나마 읽어나가며 우리의 모습을 돌아보는 것은 어떨지. 그럼에도 불구하고 미래에 대한 희망을 버릴 수 없기 때문이다. 그래서 이 책의 마지막 역시 '미래에 대한 희망'의 말로 끝맺었다. 루쉰은 말했다.

"우리에게 위로가 되는 것은 아무리 생각해봐도 이른바 미래에 대한 희망입니다."

조관희

# 1월
## January

나의 마음은 아주 평안하다. 애증愛憎도, 애락哀樂도 없고 안색과 소리도 없다. 내가 늙은 것이리라. 이미 하얗게 세어버린 머리카락은 명백한 사실이 아닌가? 내 손이 떨리고 있는 것도 아주 명백한 사실이 아닌가? 그렇다면 내 영혼의 손도 떨고 있으며, 그 머리카락도 세었을 것이다.

하지만 이것은 수년 전의 일이다. 그 이전에는 나의 마음 역시 피비린내 나는 노랫소리로 가득했다. 피와 쇠, 화염과 독기, 회복과 복수. 그런데 문득 이 모든 것이 공허해졌다. 때로는 짐짓 어찌할 바 모르는 자기기만적 희망으로 그것들을 메우기도 했다. 희망, 희망, 바로 이 희망의 방패로 저 공허 속 어두운 밤의 습격에 항거했던 것이다. 비록 방패 뒤쪽 역시 공허 속 어두운 밤이긴 했어도.

그렇게 계속해서 나의 청춘을 소진했다.

「희망」, 『들풀』(1925년 1월 1일)

나는 하릴없이 이 공허 속의 어두운 밤과 맞설 수밖에 없었다. 나는 희망의 방패를 내려놓고 페퇴피 샨도르*의 '희망'의 노래를 들었다.

희망은 무엇인가? 그것은 창녀.

그녀는 누구라도 유혹하고 모든 것을 바치게 한다.

그대가 가장 소중한 보물 —

청춘을 바쳤을 때, 그녀는 그대를 버린다.

이 위대한 서정시인, 헝가리의 애국자가 조국을 위해 카자크 병사의 창 끝에 죽은 지도 벌써 75년이 되었다. 애달픈 것은 그의 죽음이다. 하지만 더욱 슬픈 것은 그의 시가 지금도 죽지 않았다는 것이다. 하지만 참혹한 인생이여! 페퇴피처럼 걸출한 영웅도 끝내 어두운 밤을 마주하여 발걸음을 멈추고, 아득한 동쪽을 회고하였다. 그가 말했다.

절망이 허망하다면, 희망 역시 그러하다.

「희망」, 『들풀』(1925년 1월 1일)

---

\* Petőfi Sándor: 헝가리의 시인, 독립운동가

01 편집자께

03 선생께 한 마디 되묻겠습니다. 우리에게 현재 언론의 자유가 있습니까? 만약 선생께서 "아니오"라고 말한다면, 내가 아무 소리도 내지 않는다고 탓하지 않으시리라 믿습니다. 만약 선생께서 끝내 "앞에 중학생 한 명이 서 있다"라는 명목으로 말해 달라고 요구한다면, 그렇다면 전 이렇게 말하겠습니다. 첫 번째로 힘써야 할 것은 언론의 자유를 쟁취하는 것이다.

「『중학생』잡지사의 질문에 답함」, 『이심집』
(1932년 1월 1일)

상하이에 온 뒤로는 매사에 신중을 기해서 속세와도 거의 인연을 끊고 할 말이 있어도 하지 않았네. 하지만 예전에 붓을 놀리며 혁신에 뜻을 둔 적이 있던 터라 좌익작가연맹의 일원이 되어버렸다네. 상하이 문단의 소인배들은 기회만 나면 나를 모함하는 걸 자신들의 즐거움으로 삼고 있지. 그들이 유언비어를 퍼뜨리며 애써 남에게 상처를 주는 것이야 진즉부터 그리해온 일이라네. 나는 그들의 한심한 짓거리를 그저 웃어넘길 뿐이지. 지난 달 중순에는 이곳에서 청년 수십 명이 체포되었는데, 그 가운데 한 명은 나의 학생이라네. …… 내가 체포되었다는 소문이 퍼진 것은 아마 그 때문인 모양이네.

「리빙중에게 보내는 편지」, 『서신집』(1931년 1월 4일)

나라고 해서 어찌 내 청춘이 이미 흘러 가버렸
다는 사실을 몰랐겠는가? 그럼에도 내 몸 밖
의 청춘이 여전히 있다고 생각했다. 별과 달빛,
말라 죽은 나비, 어둠 속의 꽃, 부엉이의 불길
한 말, 두견새의 토혈吐血, 허탈한 웃음, 사랑의
춤……. 비록 처량하고 덧없는 청춘일망정, 청
춘은 청춘인 것이다.

그런데 지금 어째서 이리도 적막한가? 몸 밖의
청춘도 흘러가버리고 세상의 청년들 역시 모두
늙고 쇠약해졌단 말인가?

「희망」, 『들풀』(1925년 1월 1일)

만약 내가 여전히 밝지도 어둡지도 않은 '허망' 속에서 목숨을 부지해야 한다면, 저 흘러가버린 처량하고 아득한 청춘을 추구해야 하리. 그것이 몸 밖에 있을지라도. 몸 밖의 청춘이 소멸되면 내 몸 안의 늙음 역시 곧바로 시들어버릴 것이다.

그러나 지금은 별도 없고 달빛도 없다. 말라 죽은 나비, 허탈한 웃음, 사랑의 춤도 없다. 하지만 청년들은 아주 평안하다. 나는 하릴없이 이 공허 속의 어두운 밤과 맞설 수밖에 없다. 몸 밖의 청춘을 찾지 못하더라도, 결국 내 몸 안의 늙음을 나 스스로 던져버려야 한다. 하지만 어두운 밤은 또 어디에? 지금은 별도 없고, 달빛도 없고, 허탈한 웃음, 사랑의 춤도 없다. 청년들은 아주 평안하고, 내 앞에도 진짜 어두운 밤이 없는 지경에 이르렀다.

「희망」, 『들풀』(1925년 1월 1일)

01
07

생각해 보니 희망이란 것은 본래 있다고도 할 수 없고, 없다고도 할 수 없다. 이것은 땅 위의 길과 같은 것이다. 본래 땅 위에는 길이 없었다. 지나가는 사람이 많아지면 그게 곧 길이 되는 것이다.

「고향」, 『외침』(1921년 1월)

문인들이 붓을 한번 놀리는 것만으로도 나에게는 큰 피해가 되네. 노모는 눈물로 날을 지새우고, 벗들은 놀라 어쩔 줄 모르지. 열흘 동안 일삼아 편지를 써서 사실들을 바로잡다 보니 비애스럽다는 생각이 들더군. 지금은 다행히 별일이 없어 한시름 놓고 있다네. 하지만 자꾸 이야기를 듣다 보니 자식을 의심하게 됐다는 증자曾子의 모친 이야기도 있고, 뭇사람의 손가락질에 없던 병이 생겨 죽게 된다는 말도 있지 않은가. 이런 세상에 살다 보니 정말 내일이 어찌될지 모르겠군.

「리빙중에게 보내는 편지」,『서신집』(1931년 1월 4일)

혹한을 무릅쓰고 2천 리나 떨어져 있는, 20여 년 간 떠나 있던 고향으로 돌아간다. 이미 겨울이 깊었다. 고향에 가까워갈수록 날씨는 우중충하고 차가운 바람이 윙윙 소리를 내며 선창 안으로 들이쳤다. 덮개 사이로 밖을 내다보니 누르스름한 하늘 아래 스산하고 황량한 마을 몇 개가 생기를 잃고 늘어서 있었다. 내 가슴 속에 쓸쓸한 비애가 치밀어 올랐다.

아! 이것이 내가 20년 동안 기억해 오던 고향이란 말인가? 내가 기억하는 고향은 전혀 이렇지 않았다. 내 고향은 훨씬 더 좋은 곳이었다. 하지만 그 아름다움을 떠올리고 멋진 곳을 이야기하려고 하면, 오히려 영상도 사라지고 말도 떠오르지 않는다. 아마 이랬는지도 모른다. 그래서 나 자신은 이렇게 해명했다. 고향은 본디 그런 것이다. 진보한 게 없다고 해서 반드시 쓸쓸한 비애를 느껴야 하는 건 아니다. 이건 단지 나 자신의 심경 변화일 뿐이다.

「고향」, 『외침』(1921년 1월)

01
10

나는 또한 중국의 청년들이 모두 냉소와 중상
모략에 아랑곳 않고 오로지 앞을 향하여 걸어
가기를 바란다.

「수감록 41」, 『열풍』(1919년 1월 15일)

01 낡은 장부는 어떻게 깨끗이 지우는가?
11 나는 대답한다.

"우리의 아이들을 철저히 해방하는 것이다."

「수감록 40」, 『열풍』(1919년 1월 15일)

특별히 책임감 있게 선언한다. 나는 옛날의 도덕과 새로운 부도덕 사이에서 태어나서 자라고, 새로운 예술의 이름을 빌려 본래의 옛날식 부도덕을 발휘한 소년의 얼굴에 감히 침을 뱉는다.

웨이젠궁 군의 '감히 맹종하지 않는다'를 읽은 이후 몇 가지 성명을 발표하다, 『집외집습유보편』
(1923년 1월 13일)

이번에 고향에 돌아온 것은 이별을 위한 것이었다. 우리가 다년 간 가족과 모여 살았던 오래된 집은 이미 타성바지에게 넘겨버렸는데, 집을 넘겨주는 기한은 올해까지였다. 그래서 정월 초하루 이전에 서둘러 정들었던 옛집과 이별하고 정든 고향을 멀리 떠나 내가 밥벌이하고 있는 타지로 이사해야 했던 것이다. …… 옛집은 점차 멀어져 갔다. 고향의 산수 역시 점점 멀어져 갔다. 하지만 나는 오히려 아무런 미련도 느끼지 못했다. 단지 사방에 보이지 않는 높은 담장이 둘러쳐져 나 혼자 거기 남겨진 듯 답답한 느낌이 들 뿐이었다. 은목걸이를 한 수박밭 작은 영웅의 영상은 본래 매우 또렷했는데, 이제 갑자기 흐릿해지며 나를 비감하게 만들었다.

「고향」, 『외침』(1921년 1월)

모든 예술의 본질은 그것을 보고 듣는 사람으로 하여금 감정이 일어나 기쁨을 느끼게 하는 데 있다. 문장은 예술의 하나이니 이것 역시 본질적으로는 마땅히 그러하다. 그러하기에 개인이나 나라의 존망과는 관계가 없고 실리와도 멀리 떨어져 있고 이치를 따지는 것도 없다. 따라서 그 효용으로 말하자면, 지식을 늘리는 데는 역사만 못하고 사람을 계도하는 데는 격언만 못하며, 재산을 불리는 데는 공업이나 상업만 못하고, 공명을 추구하는 데는 졸업장만 못하다. 그럼에도 세상에는 문장이 있으며 사람들은 이에 만족하고 있다.

「마라시력설」, 『무덤』(1908년)

나는 항상 두려워하며, 중국의 청년들이 냉기를 벗어나 자포자기하는 자들의 말을 듣지 말고 오로지 앞을 향하여 걸어가기를 바란다. 일할 수 있는 사람은 일하고 소리 낼 수 있는 사람은 소리를 내라. 한 점의 열이 있으면 한 점의 빛을 발하라. 반딧불이처럼 어둠 속에서 한 점의 빛을 발할 수 있다면 꼭 횃불을 기다릴 필요는 없다.

「수감록 41」, 『열풍』(1919년 1월 15일)

위대함도 그것을 알아줄 사람이 있어야 한다.

「예쯔의『풍성한 수확』서문」,『차개정잡문 2집』

(1935년 1월 16일)

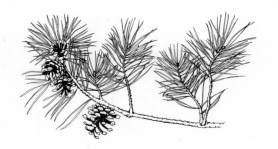

01
17
우리가 여유로운 마음을 잃거나 여지를 남기지 않는 마음만 가득 품게 된다면 이 민족의 장래는 우려스럽게 된다.

「문득 생각나는 것」, 『화개집』(1925년 1월 17일)

01
18

끝없는 광야 위에, 살을 에는 듯한 하늘 아래,
반짝반짝 선회하며 오르고 있는 것은 비의 정
기와 혼이다. …… 그렇다. 그것은 고독의 눈,
죽어버린 비, 비의 정기와 혼이다.

「눈」, 『들풀』(1925년 1월 18일)

01
19

작금의 사회에서 이상과 망상의 구분은 분명하지 않다. 다시 얼마 지나면 '할 수 없는 것'과 '하려 하지 않는 것'의 구분도 분명해지지 않고 정원 청소와 지구 쪼개기도 마구 섞어서 이야기하게 될 것이다.

「수감록 38」, 『열풍』(1919년 1월 15일)

냉소적인 사람은 개혁을 반대하나, 그렇다 하더라도 보수적인 능력을 갖추고 있는 것도 아니다. 곧 문자만 놓고 보더라도 백화는 진정 눈에 안 들어 하면서도 고문도 별로 잘 못 쓴다. 그의 학설에 따르자면 '돌조각이나 헤아려야 마땅하지만 그렇게 하지 않고 야릇한 냉소를 지을 뿐'이다.

「수감록 41」, 『열풍』(1919년 1월 15일)

앞으로 끝내 횃불이 없다면, 내가 바로 유일한 빛이다. 횃불이 나타나고 태양이 출현한다면, 우리는 자연스레 기꺼이 복종하며 사라질 것이다. 조금도 불평하지 않고 횃불이나 태양을 수희隨喜*하며 찬미할 것이다. 왜냐하면 그것은 나를 포함한 모든 인류를 비추기 때문이다.

「수감록 41」, 『열풍』(1919년 1월 15일)

* 수희隨喜는 불교 용어이다. 불교에서는 선행 보시가 기쁜 마음을 낳는다고 믿는데, 다른 사람들을 따라서 좋은 일을 하는 것을 '수희'라고 일컫는다. 『대지도론大智度論』 61에 "일체 화합에 수희가 덕이 된다"라는 말이 있다.

내 생각에 인간과 원숭이의 조상이 하나라는 학설은 조금도 의심할 바가 없다. 그런데 왜 옛날 원숭이들이 다들 사람이 되려고 하지 않은 채, 지금까지 원숭이 후손으로 남아 사람들 구경거리가 되고 있는지 모르겠다. 일어서서 사람의 말을 배우려 했던 원숭이가 하나도 없었을까? 아니면 몇 마리 있기는 있었으나 원숭이 사회에서 그들을 이단이라고 공격하면서 물어 죽여서 끝내 진화하지 못한 것일까?

「수감록 41」, 『열풍』(1919년 1월 15일)

깨달은 사람의 마음의 소리에 귀 기울이고 그 내면의 빛을 살펴보고자 한다. '내면의 빛'이란 암흑을 파괴하는 것이다. '마음의 소리'란 허위에서 벗어나는 것이다. 인간 사회에 이것이 있으면 초봄에 우레가 울리는 것 같아서 온갖 초목이 이 때문에 싹이 트게 되고, 새벽빛이 동쪽에서 밝아 오면서 깊은 밤이 물러나게 된다. 다만 이것은 다수의 대중에게 바랄 수 있는 것은 아니다. 단지 희망을 걸어 볼 대상은 한두 명의 선비에 그친다.

「파악성론」, 『집외집습유보편』(1908년)

01
24

우리 중국인은 늘 자기는 평화를 사랑한다고
말하기를 좋아한다. 하지만 사실은 싸움을 사
랑한다. 다른 생물들의 싸움 구경을 좋아하고
자기들끼리의 싸움도 구경하기 좋아한다.

「싸움 구경」, 『거짓자유서』(1933년 1월 24일)

01
25
　지금 고향의 봄이 이 타지의 하늘에서, 오래전에 가버린 추억과 함께 가늠할 길 없는 비애를 내게 안겨 준다. 차라리 스산한 엄동 속으로 숨어 버릴까. ─ 하지만 사방은 의심할 바 없는 엄동으로 엄청난 서슬과 냉기를 뿜고 있다.

「연」, 『들풀』(1925년 1월 24일)

이 자리에 계신 여러분도 아마 열에 아홉은 천재가 나오기를 바랄 것입니다. 그러나 상황이 이러하니, 천재가 나오기도 어려울 뿐만 아니라 단순히 천재를 육성할 토양이 있기를 바라기도 어렵습니다. 제 생각에 천재는 대부분 천부적입니다. 단지 천재를 육성할 토양만 있다면 여러분 모두 천재가 될 수 있을 것입니다. 토양을 만드는 효과는 천재를 요구하는 것보다 가까이 있습니다.

「천재가 없다고 하기 전에」, 『무덤』(1924년 1월 17일)

01
27

깡그리 잊어서 털끝만한 원한도 없는데, 용서
고 뭐고 할 게 있겠는가? 원한 없는 용서는 거
짓일 뿐이다.

「연」, 『들풀』(1925년 1월 24일)

상하이사변을 위한 만가*

전운이 잠시 늦은 봄날의

존재를 거두니戰雲暫斂殘春在

포성과 맑은 노래 모두가 적막하다重炮淸歌兩寂然

일본으로 귀국하는 친구**에게

보내줄 시도 없어我亦無詩送歸掉

다만 마음으로부터 평안을 축원한다但從心底祝平安

　　　　「상하이사변 직후에 쓰다」(1932년 1월 28일)

\* 1931년 9월 18일 일본의 만주 침략으로 중국에 항일운동이
광범위하게 확산되었다. 이런 분위기 하에서 1932년 1월 28일
상하이 조계租界를 경비하던 일본 해군육전대海軍陸戰隊와 중
국 제19로군路軍 사이에 전투가 벌어졌다. 일본은 2월 중순에 육
군 3개 사단을 증파하여 3월 중순 중국군을 상하이 부근에서 퇴
각시켰다. 승전 후 일본군은 같은 해 4월 29일 훙커우虹口 공원
에서 전승 축하연을 열었고 이 자리에서 윤봉길 의사가 폭탄을
투척하여 일본의 군부 요인들을 대거 살상하였다.

\*\* 이 시는 상하이 사변 직후에 쓴 것으로, 같은 해 7월 11일 일본
인 야마모토 하츠에山本初枝(1898~1967년) 여사에게 증정하였
다. 야마모토 하츠에는 와카和歌작가로 필명은 유란幽蘭이다. 야
마모토 하츠에는 1930년 『주부지우主婦之友』의 기자로 상하이로
와서 우치야마 서점에 드나들며 루쉰과 알게 되었고, 1932년 7월
야마모토가 귀국할 때 루쉰이 이 시를 써주며 송별하였다.

천재는 결코 깊은 숲이나 황량한 들판에서 스스로 태어나 성장하는 괴물이 아닙니다. ……
수백 수천 명의 천재가 있더라도 토양이 없으면 자라지 못하고 접시에 담긴 녹두 싹처럼 되고 말 것입니다. …… 토양을 만들려면 정신을 확대해야 하니, 말하자면 새로운 사조를 받아들이고 낡은 틀에서 벗어나서 장래에 나타날 저 천재를 용납하고 이해할 수 있어야 합니다. 또 작은 일이라도 두려워하지 말아야 합니다.

「천재가 없다고 하기 전에」, 『무덤』(1924년 1월 17일)

청년들은 우선 중국을 소리가 있는 중국으로 변화시켜야 합니다. 대담하게 말하고 용감하게 나아가면서 모든 이해관계를 잊고, 옛사람들을 밀어내고, 자신의 진심에서 우러나온 말을 발표해야 합니다. ─참이라는 건 당연히 쉽지 않습니다. 예를 들자면, 태도는 참되기 어렵습니다. 강연할 때는 나의 참된 태도가 아닙니다. 왜냐하면 내가 친구와 아이들과 이야기할 때의 태도는 이렇지 않기 때문입니다.─ 하지만 그렇더라도 비교적 참된 말을 하고 비교적 참된 소리를 낼 수는 있을 겁니다. 참된 소리만이 중국과 세계의 사람들을 감동시킬 수 있습니다. 참된 소리가 있어야만 세계의 사람들과 세계에서 살아갈 수 있습니다.

「소리 없는 중국」, 『삼한집』(1927년 2월 18일)

01
31    사실은 항상 문면<sup>文面</sup>만큼 그렇게
아름답지 않다.

「싸움 구경」, 『거짓자유서』(1933년 1월 31일)

# 2월
# February

신사복으로 '추태'를 층층이 감싸고 보기 좋은 낯을 지으면 교수고 청년의 스승인가? 중국의 청년은 높은 모자와 가죽 치파오를 필요로 하지 않으며, 가식적으로 꾸미는 스승도 필요 없다. 허식이 없는 스승이 필요하다. 만약 그런 사람이 없다면 허식이 적은 스승이어야 한다. 만약 가면을 쓰고 스승을 자처한다면, 그 스스로 가면을 벗게 해야 하고, 그렇지 않으면 이를 찢어내야 하며, 서로 찢어버려야 한다. 선혈이 낭자할 정도로 찢어버리고, 꼴같잖은 거드름을 다 부숴버린 다음 뒷이야기를 할 수 있다.

「나는 아직 '그만둘' 수 없다」, 『화개집 속편』

(1926년 2월 3일)

"확실하게 말할 수 없다"라는 것은 아주 유용한 말이다. 세상 경험이 적은 용감한 소년은 가끔 다른 사람들에게 감히 의문을 풀어주고 의사를 골라주기도 한다. 만일 결과가 좋지 못하면 거꾸로 원망을 사기도 한다. 하지만 "확실하게 말할 수 없다"라는 한 마디 말로 단단히 마무리하고 나면, 모든 일이 거리낄 게 없게 된다.

「복을 비는 제사」, 『방황』(1924년 2월 7일)

나는 사람들이 공리와 정의라는 미명과 정인군자正人君子*라는 휘호 및 온유돈후溫柔敦厚한 거짓 얼굴과 소문 및 여론이라는 무기, 알아듣지 못하게 빙빙 둘러 말하는 글을 가지고 어떻게 자신에게 유리하고 사사로이 행하는지를, 그리고 펜도 없고 칼도 없는 약자를 어떻게 숨도 못 쉬게 하는지를 잘 알고 있다. 만약 나에게 이 붓이 없었다면 나도 모욕을 당해도 호소할 데가 없는 사람이 되었을 것이다. 나는 이를 깨달았고 그래서 항상 붓을 사용하고 있다.

「나는 아직 '그만둘' 수 없다」, 『화개집 속편』
(1926년 2월 3일)

* 여기서 '정인군자의 무리'는 신월사新月社의 사람들을 가리킨다. 그들은 『신월』 월간 창간호(1928년 3월)의 발간사 「『신월』의 태도」라는 글에서 혁명문학은 과격하다고 공격하면서 그것은 자기들의 "태도로서는 용납되지 않는다"고 하였다. 그리고 또 "우리는 그 어떤 과격도 숭상하지 않는다. 왜냐하면 우리는 사회의 기강은 적극적인 감정에 의해 유지되는 것이며, 정상적인 사회의 저울로는 사랑이 틀림없이 증오보다 더 무거우며 상호 부조의 정신이 상호 박해나 상호 살해의 동기를 능가한다는 것을 믿기 때문"이라고 했다.

요즘 각양각색의 사람이 각종 구국을 외치고 있어서 갑자기 모든 사람이 애국자라도 된 듯하다. 사실은 그렇지 않다. 애당초 그랬고, 그렇게 구국을 하고 있었는데, 요즘은 소리를 지르고 있는 것에 불과하다. …… 우리는 방공防空 부대를 창설하기 전에 미리 세 가지 소원을 분명히 밝혀 두어야 한다.

첫째, 항로를 확실히 알아 두어야 할 것.

둘째, 더 빨리 날 것.

그리고 한층 더 긴요한 것이 있다. ……

셋째, 인민을 죽이지 말 것!

「항공 구국의 세 가지 소원」, 『거짓자유서』

(1933년 2월 3일)

젊은이가 늙은이를 위해 기념하는 글을 쓰는 게 아니라 지난 30년 동안 내가 목격한 수많은 청년의 피가 층층이 쌓여 숨도 못 쉬게 나를 억눌러 이런 필묵으로 몇 구절의 글을 쓰게 했으니, 진흙 속에 작은 구멍을 뚫어 간신히 숨을 쉬며 연명하고 있는 셈이다. 그것은 어떤 세계일까? 밤은 바야흐로 깊어가고, 길 역시 한참 멀다. 나는 차라리 망각하고 말하지 않는 게 낫겠다. 하지만 나는 알고 있다. 내가 아니라도 미래에 그들을 기억해 낼 것이고, 그들의 시대를 다시 이야기할 것임을……

「망각을 위한 기념」, 『남강북조집』
(1933년 2월 7 ~ 8일)

긴 밤에 길이 들어 봄을 보낼 제
처자를 거느린 몸 귀밑머리 희었구나
꿈속에 어리는 어머니 눈물
성 위로 나부끼는 대왕의 깃발
벗들이 혼백됨을 차마 볼 수 없어
노여움에 칼 숲을 향해 시를 찾을 뿐
다소곳이 읊어 본들 쓸 곳이 없고
달빛만 물처럼 검은 옷을 비추네.*

「망각을 위한 기념」, 『남강북조집』

(1933년 2월 7~8일)

* 이 시는 좌련 5열사의 처형으로 인한 루쉰의 침통한 마음을
그린 것이다. 그리고 루쉰의 1937년 7월 11일자 일기에 의하면
루쉰은 이 시를 야마모토 하츠에게 보냈다고 한다.

겨울은 해가 짧고 눈까지 내려 어느새 어둠이
온 마을을 뒤덮었다. 사람들은 모두 등불 아래
서 바삐 움직였지만 창밖은 매우 고요했다. 두
텁게 쌓인 눈 이불 위에 눈송이 내리는 소리가
사그락사그락 들려와 사람의 마음을 더욱 쓸쓸
하게 했다. 나는 노란빛을 내는 기름 등불 아래
앉아 생각에 잠겼다. 아무짝에도 쓸모없는 샹
린댁은 쓰레기더미에 버려진 싫증난 낡은 장난
감 같은 존재였다. 그래도 예전에는 쓰레기더
미에서 형체를 드러내고 있어 재미있게 살아
가는 사람들이 보기에는 그녀가 어째서 아직도
이 세상에 존재하는지 의아해했을 것이다. 하
지만 지금은 무상無常*에 의해 깨끗하게 치워져
버렸다. 영혼의 유무는 나도 모른다. 하지만 현
세에 무료하게 살던 자가 사라져버리면, 보기
싫은 존재가 보이지 않는 것만 해도 다른 사람

* 무상은 원래 불교 용어로 모든 사물은 다 변하고 훼멸되어
파괴되는 과정에 있다는 뜻인데, 뒤에는 죽음의 뜻으로 또는 미
신적인 전설에서 혼을 빼가는 사자의 이름으로 사용되었다.

을 위해서나 자기를 위해서나 나쁠 게 없다. 나는 고요한 가운데 창밖에서 사그락사그락하는 눈송이 소리를 들으면서 생각에 잠겼다. 그러자 점점 마음이 한결 후련해졌다.

「복을 비는 제사」, 『방황』(1924년 2월 7일)

재작년 오늘, 나는 객잔에 피신해 있었지만 그들은 오히려 형장으로 걸어갔다. 작년 오늘, 나는 포성 속에서 영국 조계로 도피했지만 그들은 이미 어디인지도 모를 지하에 묻혀 있었다. 그리고 금년 오늘, 비로소 나는 내 원래의 거처에 앉아 있고 사람들은 모두 잠들었다. 내 여인과 아이조차도. 나는 내가 좋은 벗을 잃어버렸다는 것, 중국이 좋은 청년들을 잃어버렸다는 것을 또한 깊이 느끼지만 비분 속에 이를 잠잠히 가라앉힌다. 하지만 뜻밖에도 오래 묵은 습관이 침잠한 바닥으로부터 머리를 쳐들어 이상의 글을 쓰게 만들었다.

「망각을 위한 기념」, 『남강북조집』
(1933년 2월 7 ~ 8일)

"하늘이 벌하고 땅이 멸하며, 남자는 도둑질하고 여자는 창녀가 된다"라는 말은 "『시경』에서 말하길"; "공자께서 가로되"와 거의 마찬가지인 중국인의 저주의 경전이다. 요즘의 선서는 "맹세코 적을 죽이고, 맹세코 죽도록 저항하고, 맹세코……"라는 식으로 예전과 같은 그런 성어는 사용하지 않는 듯하다. 하지만 저주의 본질은 여전히 똑같다. 요컨대 믿을 수 없다는 것이다. 그는 하늘이 꼭 자신을 벌하지는 않을 것이고 땅도 꼭 자신을 멸하지 않을 것임을 잘 알고 있다.

「저주」, 『거짓자유서』(1933년 2월 9일)

02
10

나는 혁명 이전에 내가 노예였는데, 혁명 이후 얼마 지나지 않아 노예들의 속임수에 넘어가 그들의 노예가 되었다고 생각한다.

「문득 생각나는 것」, 『화개집』(1925년 2월 12일)

생각컨대 종족의 연장 —곧 생명의 연속—은 확실히 생물계의 사업 가운데 큰 부분을 차지하고 있다. 어떻게 연장할 것인가? 말할 것도 없이 진화해야 한다. 하지만 진화의 도중에는 항상 신진대사가 필요하다. 따라서 새로운 세대는 기쁨에 넘쳐 앞으로 나아가야 한다. 이것이 바로 장년이다. 늙은 세대 역시 기쁨에 넘쳐 앞으로 나아가야 한다. 이것은 곧 죽음이다. 각각이 이렇게 나아가는 것이 곧 진화의 길이다.

「수감록 49」, 『열풍』(1919년 2월 15일)

02
12

수많은 열사의 피가 사람들에게 짓밟혀 사라졌
지만 나는 이 또한 고의는 아니라고 생각한다.

「문득 생각나는 것」, 『화개집』(1925년 2월 12일)

노인들은 길을 열어 양보하고, 재촉하고 장려하여 그들이 나아가도록 해야 한다. 그들이 가는 길에 깊은 못이 있으면 자신들의 죽음으로 메워야 한다. 젊은이들은 심연을 메워 준 그들에게 감사하며 스스로 걸어 나가야 한다. 늙은이들 역시 자신들이 메운 심연 위를 걸어 멀어져, 멀어져가는 젊은이들에게 감사해야 한다. 이 점을 분명히 이해하면, 유년에서 장년, 노년, 죽음에 이르는 동안 모두 즐거워하며 지나갈 것이다. 그리고 한 걸음 한 걸음 내딛는 이들 대부분은 선조들을 초월하는 새로운 사람들이다. 이것은 생물계가 정당하게 개척한 길이다! 인류의 선조들은 모두 이미 이렇게 해왔다.

「수감록 49」, 『열풍』(1919년 2월 15일)

무릇 고등동물은 뜻밖의 변고를 당하지 않으면, 유년에서 장년으로 장년에서 노년으로 노년에서 사망에 이른다. …… 유감스러운 것은 유년에서 장년까지 분명 조금도 이상할 것 없이 지나갔음에도 불구하고, 장년에서 노년까지는 조금 기괴하고, 노년에서 죽음으로 다가가는 중에는 기상천외하게도 소년의 길을 죄다 차지하고 소년의 공기를 죄다 마셔버리려는 사람이 있다. …… 유감스럽게도 그들은 끝내 신선이 되지 못하고, 결국은 하나하나 죽음에 이른다. 다만 그들이 조성해 놓은 늙은 세상만 남아 소년들로 하여금 그것을 등에 업고 고생하도록 만든다. 이것은 진정 생물계의 괴이한 현상이다!

「수감록 49」, 『열풍』(1919년 2월 15일)

사실상 세상에는 이처럼 마음먹은 대로 되는 일은 절대로 없다. 소 한 마리도 생명을 죽여 공자에게 제사 지내면 밭갈이를 할 수 없고, 고기를 먹으면 우유를 짤 수 없다. 하물며 사람이라면 모름지기 자신부터 살고 봐야 하는데, 선배 선생을 등에 업고 살아야 함에 있어서랴.

「수감록 48」, 『열풍』(1919년 2월 15일)

이 정원은 아마도 이 술집 것은 아닌 듯한데, 예전에도 여러 번 내려다본 적이 있었다. 어떤 때는 눈이 내린 날도 있었다. 하지만 이제 북방에 눈이 익은 나로서는 오히려 경이로움을 느낄 만했다. 몇 그루의 늙은 매화나무 몇 그루가 눈을 무릅쓰고 나무 가득 꽃을 피운 모습이 한겨울을 전혀 개의치 않는 듯했다. 허물어져 내린 정자 옆에도 동백나무 한 그루가 짙푸른 잎사귀 사이사이로 십여 개의 붉은 꽃을 드러내고 있었다. 눈 속에서 불꽃처럼 밝게 빛나는 모습이 분노하고 오만하게, 기꺼운 마음으로 먼 길에 나선 나그네를 비웃는 듯했다. 그때 나는 문득 이곳에 쌓이는 눈은 습기를 머금어 사물에 들러붙으면 잘 떨어지지 않고 투명하게 반짝이는 것이 [북방의] 분가루처럼 바싹 마른 눈이 큰 바람이 한번 불면 하늘 가득 연무와 같이 날리는 것에 비할 수 없다는 생각이 들었다.

「술집에서」, 『방황』(1924년 2월 16일)

"자네 표정을 보니 아직도 나에게 어떤 기대를 하고 있는 것 같은데, 당연하게도 내가 지금 많이 둔감해지긴 했어도 그 정도 눈치는 갖고 있다네. 그게 나를 감동시키기도 하지만 불안하게도 만드는군. 아직도 내게 호의를 갖고 있는 옛 친구들을 저버리지나 않을까 해서……"

「술집에서」, 『방황』(1924년 2월 16일)

중국인은 남에게 강철의 칼로 베이면 아픔을 느끼고 무언가를 생각하게 됩니다. 만약 부드러운 칼이라면 "머리를 잘려도 죽음을 깨닫지 못하며" 반드시 그걸로 끝나버립니다.

「낡은 가락은 이미 다 불러제꼈다」, 『집외집습유』

(1927년 2월 18일)

문명인과 야만인의 구분은 첫째, 문명인에게는 문자가 있어 이것으로 그들의 사상과 감정을 대중에게 전하고 미래에 전합니다. 중국에는 비록 문자가 있지만, 지금은 이미 모든 사람과 상관없는 게 되어버려, 이해하기 어려운 고문을 사용하고 진부한 옛날 의미를 말하기에, 모든 소리는 죄다 과거의 것이고, 없는 거나 마찬가지가 되어버렸습니다. 그래서 모든 이가 서로 이해하지 못하고 커다란 쟁반 위에 흩어져 있는 모래나 마찬가지입니다.

「소리 없는 중국」, 『삼한집』(1927년 2월 18일)

어찌 예전 같은 호방한 마음 다시 있을까?

豈有豪情似舊時

꽃 피고 꽃 지는 데도 까닭이 있건만

花開花落兩由之

어찌 기약하리, 강남의 비 뿌리듯 눈물

흘러내리고 何期淚灑江南雨

또 다시 백성을 위해 한 젊은이의 죽음을

애통해 하네 又爲斯民哭健兒

일본인 히구치 료헤이樋口良平에게 써준 칠언시*

(1933년 2월 20일)

* 1933년 6월 18일 〈민권보장동맹〉을 실질적으로 추동해오
던 총간사 양취안楊銓(자는 싱포杏佛)이 국민당 특무의 총에 맞
고 살해되었다. 이틀 뒤인 6월 20일 그의 장례식에 참석하고 돌
아온 뒤 루쉰은 칠언시 한 수를 지었다. 이 날 루쉰은 자신도 혹
시 살아돌아오지 못할지도 모른다는 생각에 집 열쇠도 가져가지
않았다고 한다.

"호랑이는 원래 아무것도 할 줄 몰랐기에 고양이의 문하생이 되었었지. 고양이는 호랑이에게 먹이를 덮치는 방법, 잡는 방법, 잡아먹는 방법을 일러주었단다. 그런 것들을 다 가르치고 나자 호랑이는 생각했지. 재주를 모두 배워 누구도 자기와 상대가 되지 않는데 선생인 고양이만 자기보다 강하니 고양이를 죽여버리면 자기가 최강이 되겠거든. 이렇게 생각하고는 고양이를 덮쳤단다. 그런데 고양이는 이미 그놈의 생각을 알고 있었기에, 펄쩍 뛰어서는 나무 위에 올라갔지. 호랑이는 나무 아래 웅크리고 앉아 있을 수밖에 없었다. 고양이는 모든 재주를 다 전수해주지 않았던 게야. 호랑이에게 나무 타는 건 가르쳐주지 않았던 거지?"

나는 다행스런 일이라고 생각했다. 호랑이의 성미가 급했기에 망정이지, 그렇지 않았다면 계수나무에서 내려온 건 호랑이였을 것이다.

「개·고양이·쥐」, 『아침 꽃 저녁에 줍다』

(1926년 2월 21일)

문장을 낡은 골동품쯤으로 취급해 사람들이 인식하지 못하고 이해할 수 없는 게 좋다면, 그 또한 재미있는 일일 겁니다. 하지만 그 결과가 어떻습니까? 우리는 이미 우리가 하고 싶은 말을 할 수 없게 되었습니다. 우리가 손해를 보고 모욕을 당해도 응당 해야 할 말을 할 수 없는 지경이 되어버렸습니다. 최근의 일들을 들어볼까요. 청일전쟁, 의화단 사건, 신해혁명과 같은 큰 사건들에 대해서 이제까지 우리가 볼 만한 저작을 낸 게 있습니까? 민국 이후에도 여전히 아무도 소리를 내지 않았습니다. 반대로 외국에서는 오히려 중국에 대해 말한 것이 있지만, 그것은 중국인 자신의 소리가 아니라 다른 사람의 소리입니다.

「소리 없는 중국」, 『삼한집』(1927년 2월 18일)

중국 사람들은 한 가지 모순적인 사상을 가지고 있습니다. 곧 자손들이 생존하기를 바라면서 자기도 오래 살고 싶고 영원히 죽지 않으려고 하는 것입니다. 때가 되어 방법이 없다는 것을 깨닫고 죽지 않으면 안 될 때도 오히려 자기 시신이 영원히 썩지 않기를 바랍니다. 하지만 생각해 봅시다. 인류가 탄생한 이래로 사람들이 하나도 죽지 않았다면 땅 위는 진작에 빽빽이 들어차서 지금 우리는 들어갈 자리도 없을 것입니다. 그리고 인류가 생기고 나서 시신이 하나도 썩지 않았다면, 땅 위의 시신이 어물전 고기보다 더 많이 쌓여 우물을 파고 집을 지을 곳도 없을 것 아닙니까? 그래서 나는 무릇 늙고 낡은 것은 즐거운 마음으로 죽는 것이 참으로 좋다고 생각합니다.

「낡은 가락은 이미 다 불러제꼈다」, 『집외집습유』
(1927년 2월 18일)

등불이 점점 사그라드는 것은 석유가 이미 얼마 없다는 것을 예고하는 것이다. 석유는 또 이름 있는 제품이 아니어서 진즉부터 등갓이 잔뜩 그을려 있다. 폭죽 소리가 사방에서 울려대고, 주위는 담배 연기로 자욱하다. 어둡게 가라앉은 밤이다. 나는 눈을 감고 몸을 젖혀 안락의자에 기댔다. …… 나는 몽롱한 가운데 아름다운 이야기를 보았다. 미려하고 그윽하며 재미있는 이야기였다. 수없이 많은 아름다운 사람과 아름다운 일이 하늘 위 구름처럼 어우러졌고, 수만 개의 별똥별처럼 날아다니는 동시에 한없이 퍼져 나갔다. …… 어찌 되었든 이 한 편의 아름다운 이야기를 기억한다. 어둡고 침침한 한밤중에……

「아름다운 이야기」, 『들풀』(1925년 2월 24일)

나는 '유명인' 노릇하지 않고 놀고 싶습니다. 한 번 '유명인'이 되어버리면, '자기'는 없어지니까요.

「장팅첸에게 보내는 편지」, 『서신집』
(1927년 2월 25일)

02
26

안온함을 탐하면 자유가 없고, 자유로우려면
다소 위험을 겪어야 합니다.

「낡은 가락은 이미 다 불러제꼈다」, 『집외집습유』

(1927년 2월 18일)

어떤 사람은 내가 '몰래 화살을 쏘았다'라고 한다. '몰래 화살을 쏘다'에 대한 나의 해석은 그 무리와 좀 달라서, 어떤 사람이 부상했다고 하지만 이 화살이 어디에서 온 것인지 모르는 것을 말한다. 이른바 '소문'이라는 것도 대체로 이와 비슷하다.

「꽃이 없는 장미」, 『화개집 속편』(1926년 2월 27일)

예언자, 곧 선각자는 늘 고국으로부터 버림받으며, 같은 시대 사람들로부터 박해를 받는다. 큰 인물 역시 항상 그러하다. 그가 사람들로부터 공경받고 찬탄을 받을 때는 그가 죽은 뒤거나 침묵하거나 눈앞에 없을 때이다.

「꽃이 없는 장미」, 『화개집 속편』(1926년 2월 27일)

# 3월
## March

『방황彷徨』에 부쳐題

새로운 문단은 쓸쓸하고寂寞新文苑
옛 전장은 평안한데平安旧战场
천지간에 졸병 하나 남아两间余一卒
창을 메고 홀로 방황하네荷戟独彷徨

「『방황』에 부쳐」, 『집외집』(1933년 3월 2일)

혁명은 현실적인 일로 갖가지 비천하고 귀찮은 일들을 요구합니다. 결단코 시인 나부랭이가 상상하듯 낭만적인 게 아닙니다. 당연하게도 혁명에는 파괴도 있지만 건설도 더더욱 요구됩니다. 파괴는 통쾌할지 몰라도 건설은 아주 귀찮은 일입니다. 그렇기 때문에 혁명에 대해서 로맨틱한 환상을 품고 있는 사람은 일단 혁명에 가까이 가고, 혁명이 진행되고 나면 쉽게 실망하게 됩니다.

「좌익작가연맹에 대한 의견-3월 2일
좌익작가연맹창립대회에서의 강연」,『이심집』
(1930년 3월 2일)

중국의 문장은 가장 변화가 없고, 가락은 가장 낡았으며 그 안의 사상도 가장 진부합니다. 하지만 아주 기괴한 것은 다른 나라와 달리, 그렇게 낡은 가락을 여전히 부르고 있다는 사실입니다. …… 그렇다면 어떻게 해야 좋을까요? 제 생각에 유일한 방법은 우선 낡은 가락을 폐기하는 것입니다. 진부한 문장, 진부한 사상은 모두 현재 사회와 아무런 관계가 없습니다. 예전에 공자가 여러 나라를 주유했을 때 타고 다녔던 것은 소달구지였습니다. 지금 우리가 여전히 소달구지를 타고 다닙니까? 예전에 요순시대에는 질그릇에 밥을 먹었습니다. 지금 우리가 사용하는 것은 무엇입니까? 그래서 현대에 살면서 옛날 책을 떠받드는 것은 아무런 소용도 없는 짓인 겁니다.

「낡은 가락은 이미 다 불러제꼈다」, 『집외집습유』
(1927년 2월 18일)

내 생각에는 지위가 다르고, 특히 이해관계가
다르면 두 나라 사이에서는 말할 것도 없고, 같
은 나라 사람들 사이에도 서로 이해하기가 쉽
지 않을 것이다.

「우치야마 간조의 『살아있는 중국의 자태』 서문」,

『차개정잡문 2집』(1935년 3월 5일)

03
05

나는 글을 쓸 때 장황하게 늘어놓는 것을 피하고, 그저 내 의사를 다른 사람에게 충분히 전달할 수만 있다면 어떤 잡다한 수식을 끌어들이지도 않았다. 중국의 옛날 희극에는 배경을 쓰지 않았고, 새해에 아이들에게 사 주는 세화<sup>歲畵</sup>에는 중요한 몇 명만 그려져 있을 뿐인데, 내 목적을 이루기 위해서는 이런 방법이 적합하다고 깊이 믿었다. 그래서 나는 풍월을 묘사하지 않았고, 대화도 장황하게 하지 않았다.

「나는 어떻게 소설을 쓰게 되었는가」, 『남강북조집』
(1933년 3월 5일)

어쩌다 호랑이를 만나면 나무 위로 기어 올라
가 호랑이가 허기를 못 이겨 떠나고 나서야 내
려올 것입니다. 만약 호랑이가 끝내 가지 않는
다면 나는 나무 위에서 굶어 죽을 것입니다. 아
울러 그에 앞서 끈으로 내 몸을 나무에 묶어 시
체조차도 호랑이에게 먹히지 않을 것입니다.
만약 나무가 없다면 할 수 없습니다. 그저 나를
잡아먹으라고 하는 수밖에. 하지만 죽을 때 죽
더라도 호랑이를 한 번쯤 물어도 무방할 것입
니다.

『두 곳으로부터의 편지』(1925년 3월 11일)

만약 중국이 아직 멸망하지 않았더라도 기왕의
역사적 사실은 우리에게 가르쳐주는 바가 있
다. 앞으로 다가올 일은 학살자가 생각하는 것
에서 크게 벗어날 것임을. 이것은 한 가지 사건
의 결말이 아니라 시작이다. 먹으로 쓴 거짓말
은 결코 피로 쓴 사실을 덮을 수 없다. 피로 진
빚은 반드시 같은 것으로 되갚아야 한다. 늦게
갚을수록 이자는 더 많아진다!

「꽃이 없는 장미 2」, 『화개집 속편』(1926년 3월 18일)

내 작품은 너무 어둡습니다. 나는 항상 '어둠과 허무'만이 '실재한다'라고 느끼면서도 기어코 이런 것들을 향해 절망적 항전을 하려 하기 때문에, 편벽되고 극단적인 소리가 아주 많이 들어 있습니다. 사실 이것은 아마도 내 나이나 경험과 관계가 있을지도 모르겠지만, 이것 역시도 아마 반드시 확실한 것도 아닙니다. 왜냐하면 나는 끝내 어둠과 허무만이 실재할 뿐이라는 것을 증명할 수 없기 때문입니다. 따라서 나는 청년이라면 모름지기 불평이 있어도 비관하지 않아야 하고 항상 항전하면서도 자신을 지킬 수 있어야 한다고 생각합니다.

「쉬광핑許廣平에게 보낸 편지」, 『서신집』
(1925년 3월 18일)

루전魯鎭의 주점 구조는 다른 곳과 달랐다. 기역 자 모양의 커다란 탁자가 거리에 면하고, 탁자 안쪽에는 뜨거운 물이 준비되어 아무 때라도 술을 덥힐 수 있었다. 날품을 파는 이들이 오후 나 해거름에 일을 마치고 너나 없이 동전 네 푼 을 내고 술을 한 잔 사서 ─이건 20여 년 전 이 야기고, 지금은 한 잔에 열 푼으로 올랐을 게다 ─ 탁자 밖에 기대선 채 따끈한 술을 마시며 휴 식을 취했다. 한 푼 정도 더 쓰면 소금물로 삶 은 죽순이나 회향두 한 접시 정도를 사서 안주 로 삼을 수 있었다. 열 푼이 넘는 돈을 내면 고 기 요리도 살 수 있었겠지만, 여기 손님은 대부 분 짧은 옷을 걸친 날품팔이들이라 그런 정도 의 호기를 부릴 수 없었다.

「쿵이지」, 『외침』(1919년 3월)

만약 이런 청년들을 한번 죽이는 걸로 끝맺는다면, 도살자 역시 결코 승리자가 아니라는 사실을 알아야 한다. 중국은 애국자의 멸망과 함께 멸망하려고 한다. 학살자는 자금을 쌓아두고 있기에 장구한 시간 동안 자손들을 양육할 수 있겠지만, 필연적인 결과는 반드시 닥칠 것이다. '자손들이 면면히 이어져子孫繩繩*' 봤자 뭐가 기쁘겠는가? 멸망은 조금 늦어지겠지만 그들은 살기에 가장 적합지 않은 불모의 땅에서 살아야 하고, 가장 깊은 갱도의 광부가 될 것이고, 가장 비천한 생업에 종사하게 될 것이다.

「꽃이 없는 장미 2」, 『화개집 속편』(1926년 3월 18일)

* 이 말은 『시경』「대아」「억抑」에 나온다. "그대의 자손들 대대로 이어나가, 만민이 우러러 받을 것이니라子孫繩繩, 萬民靡不承."

인생이라는 긴 여정을 갈 때 가장 흔히 만나는 것은 두 가지 난관입니다. 그 하나는 '갈림길'에 섰을 때입니다. 묵적墨翟 선생(묵자)의 경우는 통곡하고 돌아왔다고 합니다. 하지만 나는 울지도 않고 돌아서지도 않을 것입니다. 먼저 갈림길에 앉아 잠시 쉬거나 한숨 자고 나서 갈 만하다고 보이는 길을 선택해 다시 걸어갑니다. 만일 호인을 만나게 되면 그의 먹을 것을 빼앗아 허기를 달래겠지만 길을 묻지는 않을 것입니다. 내 헤아림으로는 그 역시 모를 것이기 때문입니다….

다른 하나는 '막다른 길窮途'입니다. 완적阮籍 선생도 크게 울고 돌아섰다고 합니다. 하지만 나는 여전히 성큼성큼 나아갈 것입니다. 가시덤불 속을 한동안 걸을 것입니다. 하지만 걸을 만한 곳이 전혀 없는 완전한 가시밭길은 아직까지 만난 적이 없습니다. 어쩌면 애당초 이른바 '막다른 길'이라는 건 없는지도 모릅니다.

『두 곳으로부터의 편지』(1925년 3월 11일)

시간은 쉼 없이 흘러갔다. 너희의 아버지인 내가, 그때가 되면 너희에게 어떻게 비칠 것인지. 그건 상상하기 어렵구나. 아마도 내가 지금 과거 시대를 비웃고 가련하게 여기듯, 너희도 나의 케케묵은 마음을 비웃고 가련하게 여길지도 모르겠다. 나는 너희를 위해 그렇게 되지 않기를 바란다. 너희가 스스럼없이 나를 발판으로 삼고 나를 넘어서서 멀리 나아가지 않는다면, 그것은 잘못된 것이다.

「아이들에게」, 『열풍』(1919년)

이상은 모두 헛된 이야기이다. 붓으로 쓰는 건 아무런 소용이 없다! 실탄에 맞아 흘러나온 것은 청년의 피다. 피는 먹으로 쓴 거짓말에 의해 가려질 수 없고, 먹으로 쓴 만가輓歌에도 취하지 않는다. 위세도 피를 억누를 수 없다. 왜냐하면 피는 속일 수 없고 때려서 죽일 수도 없는 것이기 때문이다.

「꽃이 없는 장미 2」, 『화개집 속편』(1926년 3월 18일)

나는 열두 살 때부터 마을 어귀의 함형주점咸亨酒店에서 사환 노릇을 했다. 주인은 내 꼬락서니가 멍청해서 장삼을 입은 단골들을 시중드는 것은 어려울 테니 밖에서 허드렛일이나 하라고 했다. 바깥쪽의 짧은 옷 걸친 손님들은 말 상대하기는 수월했지만 궁시렁대며 귀찮게 구는 치들이 적지 않았다. 그들은 술독에서 황주黃酒 푸는 것을 자기 눈으로 확인하고, 술 주전자 바닥에 물이 없는지 살피고, 또 술 주전자를 뜨거운 물에 담그는 것까지 직접 지켜봐야 직성이 풀렸다. 그런 엄중한 감시 속에서 물을 타기란 여간 어려운 일이 아니었다. 그래서 며칠 지나자 주인은 또 내가 이 일을 잘 해내지 못한다고 타박했다. 다행히도 나를 소개해준 사람과 친분이 두터워 나를 내쫓지는 않았지만, 술을 데우는 무료한 일만 시켰다.

「쿵이지」, 『외침』(1919년 3월)

03
15

'광명'이 지나가면,

어둠이 다시 온다.

「광명이 도래하면」, 『거짓자유서』(1933년 3월 15일)

사실을 쓰는 것이 아니라면, 결코 이른바 '풍
자'가 될 수 없다. 사실을 쓰지 않는 풍자, 만약
그러한 것이 있다고 하더라도 날조나 중상에
지나지 않는다.

「풍자에 관하여」, 『차개정잡문 2집』
(1935년 3월 16일)

'미래'라는 것이 어떤 것일지는 당연히 알 수 없습니다. 하지만 반드시 있을 것이고, 반드시 올 것입니다. 우려하는 바는 그때가 되면, 그때의 '현재'가 될 것입니다. 그러나 사람들 역시 그리 비관할 필요는 없습니다. '그때의 현재'가 '지금의 현재'보다 조금 낫기만 하면 그걸로 좋은 게지요. 그게 바로 진보인 것입니다.

「베이징에서의 편지 4」, 『먼곳에서 온 편지』
(1925년 3월 18일)

서우산首善* 지구의 시청西城 거리에서는 그 무렵 아무런 소동도 일어나지 않았다. 불덩이 같은 태양은 아직 내리쪼이지는 않았지만 길 위의 모래흙은 반짝반짝 빛을 내는 듯했다. 후끈한 열기가 공기 속에 꽉 들어차 곳곳에서 한여름의 위세를 떨치고 있었다. 개들은 혀를 늘어뜨리고 나무 위의 까마귀들도 주둥이를 벌리고 헐떡거렸다. 멀리서 구리 술잔이 맞부딪치는 소리가 은은히 들려왔는데, 사람들로 하여금 쏸메이탕酸梅湯을 떠올리게 해 은연중에 서늘한 감을 느끼도록 했다. 그러나 드문드문 들려오는 느릿느릿하고 단조로운 그 금속성은 도리어 정적을 더 깊게 해주었다. 들리는 것은 발걸음 소리뿐이었다. 인력거꾼은 묵묵히 앞으로 내달렸는데, 머리 위로 내리쬐는 뙤약볕으로부터 서둘러 도망치려는 듯했다.

「조리 돌리기」, 『방황』(1925년 3월 18일)

* 중국의 수도 베이징을 가리킨다. '서우산首善'이라는 말은 『한서漢書』에 나오는데, 동아시아 수도의 대명사로 쓰였다.

중국은 호랑이와 이리가 마음대로 뜯어먹게 내버려두어도 아무도 상관하지 않는다. 상관하는 것은 몇 명의 청년 학생뿐으로, 그들은 본래 마음 편히 공부해야 하지만 시국이 그들의 마음을 편안하지 못하도록 뒤흔들어 놓았다. 만약 당국자에게 양심이란 게 조금이라도 있다면 응당 스스로 돌아보고 자책을 해야만 그 알량한 양심이라도 발휘할 게 아닌가?

그러나 그들은 학살을 하고 말았다!

「꽃이 없는 장미 2」, 『화개집 속편』(1926년 3월 18일)

내 마음 큐피드의 화살 피할 길 없는데

靈臺無計逃神矢

비바람은 너럭바위처럼 짓누르며 옛 동산

어둡게 하네風雨如磐暗故園

차가운 별에 부치는 나의 뜻 향초는

몰라주어도寄意寒星荃不察

나의 피 사랑하는 헌원*에게 바치리

我以我血薦軒轅

작은 사진에 부친 시自題小像**(1903년 3월)

* '헌원軒轅'은 '황제黃帝'라고도 불리는 중국의 고대 전설에 등장하는 중화민족의 시조와 같은 인물이다. 이를테면, 우리의 단군과 같은 의의를 갖고 있는 인물인 것이다. 여기서 루쉰이 '헌원'에게 자신의 피를 바치겠다고 말한 것은 결국 만주족의 나라인 청나라를 인정하지 않고, 자신의 조국은 중화민족의 나라라는 사실을 은연 중에 드러낸 것이다.

** 루쉰이 도쿄에서 유학하던 1903년 사진 한 장을 찍어 그의 평생의 벗인 쉬서우창許壽裳에게 주고 난 뒤 이 시를 써서 보내왔다고 한다.

결점이 있더라도 전사는 어쨌든 전사다. 파리
가 아무리 아름답더라도 결국은 파리일 뿐이다.

「전사와 파리」, 『화개집』(1925년 3월 21일)

중국에는 이런 두 가지 문학 ―앙시앙 레짐에
대한 만가와 새로운 체제에 대한 구가讴歌―이
없습니다. 그것은 중국 혁명이 아직 성공하지
못하고 이제 막 경계선상에 놓여 있어서 혁명
하느라 바쁜 시기에 있기 때문입니다. 그러나
구 문학은 여전히 아주 많아서 신문 지상의 문
장은 거의 모두가 구식입니다. 내 생각에는 이
것으로 중국 혁명이 사회를 별로 크게 변화시
키지 못했고, 수구적인 인물들에게도 별로 큰
영향을 주지 못했다는 걸 알 수 있습니다. ……
중국 사회에서는 개혁이 없었기 때문에 회고의
애가도 없고, 참신한 행진곡도 없습니다.

「혁명 시대의 문학」, 『화개집 속편의 속편』
(1927년 4월 8일)

처음에 문학 혁명을 한 이들의 요구는 인성의 해방이었는데, 그들은 그저 기존의 관습을 모조리 없애버리면 남은 것은 원래의 사람 좋은 사회이리라 생각했다.

「『짚신』 서문」, 『차개정잡문』(1934년 3월 23일)

지금은 무슨 '꽃이 없는 장미' 따위를 쓸 때가 아니다. 비록 쓴 것이 대부분 가시이지만 평화로운 마음도 얼마간 쓰려고 했었다. 지금 들리는 말로, 베이징 시내에서는 이미 대학살*이 자행되었다고 한다. 바로 내가 앞서 이렇듯 무료한 글을 쓰고 있을 때, 수많은 청년이 총탄을 맞고 칼날에 찔리고 있었다.

오호라! 사람과 사람의 영혼이 서로 통하지 않는구나.

「꽃이 없는 장미 2」, 『화개집 속편』(1926년 3월 18일)

---

\* '3·18 참사'를 가리킨다. 1926년 3월 펑위샹馮玉祥의 국민군과 장쭤린張作霖 등의 펑톈奉天 군벌이 전쟁을 벌일 때, 일본은 펑톈 군에 대한 원조를 핑계로 군함을 출동시켜 국민군과 일본군 사이에 총격이 일어났다. 일본은 돤치루이 정부에 항의하며 영국, 미국 등 8국 연합 명의로 톈진 등지의 군사 행동 중지 등을 요구하는 최후통첩을 보냈다. 이에 베이징 각계의 시민들은 일본 제국주의의 중국 주권 침략 행위에 반대해 3월 18일 톈안먼 앞에서 항의 집회를 연 뒤 돤치루이의 집정부에 청원하러 갔으나, 국무원 문 앞에서 돤치루이는 시위대에 발포 및 사살을 명하여 47명이 죽고 150여 명이 다쳤다. 이를 '3·18 참사'라 부른다.

3월 18일 돤치루이段祺瑞 정부가 맨손으로 청원하던 시민과 학생들을 학살한 일은 원래부터 이미 언어도단이다. …… 사람의 고통은 서로 공감하기 어렵다. 공감하기 어렵기 때문에, 살인자는 살인을 유일한 길목으로 여기고 심지어 쾌락으로 삼는다. 그러나 역시 공감하기 어렵기 때문에, 살인자가 드러내 보여 주는 '죽음의 공포'는 여전히 후대에 [두려움을 위한] 경계가 될 수 없고, 인민들을 영원히 마소로 변화시킬 수 없다.

「사지死地」, 『화개집 속편』(1926년 3월 25일)

내가 보기에 그대의 아버지는 사람은 좋은데 단지 기억력이 약간 떨어지는 것 같군요. 그 자신도 어렸을 때는 캄캄한 방에 가둬지는 것을 좋아하지 않았을 것입니다. 그런데 이제는 그때의 고통을 잊어버리고 오히려 자기 아들을 가두고 있습니다. 이후에는 그대를 다시 가두어서는 안 되겠지만, 그냥 내버려 두세요. 나는 여러분이 기억력이 좋기를 희망합니다. 나중에 나이가 들더라도 다시는 멋대로 아이들을 때리지 말아야 합니다. 그러나 아이들이 잘못할 때도 있을 것입니다. 그렇더라도 잘 타일러야 합니다.

「옌리민顔黎民에게 보내는 편지」, 『서신집』

(1936년 4월 2일)

사다리가 되어야 한다는 말은 확실히 맞는 말
이네. 나로서는 이미 익숙한 이야기이기도 하
지. 후배들이 이 사다리를 딛고서 더 높이 오를
수만 있다면 설령 내가 짓밟힌다고 한들 무엇
이 아쉽겠는가! 중국에서 사다리가 되어줄 수
있는 이가 나 말고 또 얼마나 있겠나. 그래서 나
는 지난 10여 년 동안 미명사, 광표사, 조화사
등의 일을 도왔네. 실패가 없었던 것도 아니고
기만을 당하기도 했지만, 중국에서 뛰어난 인
물이 나와야 한다는 생각은 결코 없어지지 않
더군. 그래서 이번에 또 젊은이들의 요청을 받
아들여 자유운동대동맹 이외에 좌익작가연맹
에도 가입하였다네. 창립 대회장에서 상하이에
몰려든 혁명 작가들을 보니 모두 열의가 충만
한 것이, 나로서는 사다리가 되는 모험을 다시
금 감행하지 않을 수가 없더군. 하지만 이들이
사다리를 딛고서 잘 오를 수 있을지는 솔직히
장담을 못 하겠네. 안타까운 일이지!

「장팅첸에게 보낸 편지」(1930년 3월 27일)

내 생각에 중산대학中山大學과 혁명의 관계는 아마 많은 책과 같을 것이다. 다만 쓸모없는 책이 아니라, 그것은 혁명 정신을 분발하고 혁명의 재능을 키우며, 혁명 기백의 역량을 견고하게 하는 것이어야 한다. 지금은 사방에 전쟁과 강제, 압제가 없으니 반항도 혁명도 없다. 모든 것은 대부분 혁명을 겪었고 장차 혁명할, 혹은 혁명을 선망하는 청년들은 평온한 분위기 속에서 학술을 탐구하는 삶을 보낼 것이다. 다만 이 평온한 분위기는 반드시 혁명 정신에 충만해 있어야 한다. 이 정신은 햇빛처럼 영원히 발산되어 아무리 먼 곳일지라도 모두 도달할 것이다. 그렇지 않으면 혁명이 지나간 곳이 곧 나태한 자들이 복을 누리는 곳으로 변할 것이다. 중산대학도 의미가 없어진다. 국내에 쓸데없이 많은, 보기에만 그럴싸한 학위만 늘어날 뿐이다. 나는 우선 중산대학 사람들이 앉아서 공부하고 있더라도 최전선을 영원히 기억하기만을 바랄 뿐이다.

「중산대학 개교 치사」, 『집외집습유보편』(1927년 3월)

이렇게 많은 피를 흘려서 그 대가로 이러한 깨달음과 결심을 얻고, 아울러 영원히 기념한다면 아주 큰 손해를 본 것은 아닌 것 같다. ……

개혁에 뜻을 둔 중국 청년들은 시신의 침중함(침울하고 무거움)을 알기에 청원하는 것이다. 그런데 시신의 침중함을 느끼지 못하는 사람들이 있고, 더 나아가 '시신의 침중함을 아는' 마음까지 도살할지 누가 알았겠는가. 사지는 확실히 목전에 있는 듯하다. 중국의 대계를 위해서, 각성한 청년은 죽음을 가볍게 여겨서는 안 된다.

「사지死地」, 『화개집 속편』(1926년 3월 25일)

민국 원년의 일을 말하자니, 그때는 확실히 광명이 넘쳐서 당시 나도 난징 교육부에 있으면서 중국의 장래에 희망이 아주 많다고 생각했습니다. 당연히 당시에 악질분자도 물론 있었지만 그들은 어쨌거나 패배했습니다.

「쉬광핑許廣平에게 보낸 편지」, 『서신집』

(1925년 3월 31일)

이 책의 취지는 정치이고, 제창하는 바는 자유주의이다. 나는 이런 것들에 대해 모두 알지 못한다. …… 나 자신은 오히려 자유와 평등은 함께 추구할 수 없으며 또 함께 얻을 수 없다는 괴테의 말이 더 식견이 있다고 생각하는데, 따라서 사람들은 먼저 이 중 하나를 선택할 수밖에 없다고 생각한다.

「『사상·산수·인물』 제기」, 『역문서발집』

(1928년 3월 31일)

# 4월
# April

진정한 용사는 참담한 인생을 대담하게 마주하고 뚝뚝 흐르는 선혈을 감히 똑바로 본다. 이 얼마나 애통하고 얼마나 행복한가? 그러나 운명은 종종 평범한 사람을 위해 설계되어 시간이 흘러감에 따라 옛 흔적은 씻겨 사라지고 담홍색 피와 희미한 비애만을 남길 뿐이다. 이 담홍색의 피와 희미한 비애 속에서 또다시 사람은 잠시 구차하게 생을 이어가고 이렇게 인간 세상 같으면서 비인간적인 세계는 유지된다. 나는 알 도리가 없다. 이런 세상이 언제 끝이 날지! 우리는 여전히 이런 세상에서 살고 있다. 나 역시도 진즉 뭔가를 좀 써야겠다는 필요성을 느끼고 있었다. 이미 3월 18일에서 2주일이나 지났고, 망각이라는 구세주도 곧 강림할 것이다. 이때 나는 뭔가를 좀 써야 할 필요가 있다.

「류허전 군을 기념하며」, 『화개집 속편』

(1926년 4월 1일)

개혁을 하다 보면 항상 피를 흘리게 되지만 피를 흘리는 것이 곧 개혁은 아니다. 피를 [실전에] 응용하는 것은 금전과 같아서 인색해서는 당연히 안 되지만 낭비하는 것도 큰 손실이다. 이번의 희생자에 대해 나는 정말로 가슴이 많이 아프다. 다만 바라건대 이러한 청원은 앞으로는 그만두었으면 좋겠다.

「공허한 이야기」, 『화개집 속편』(1926년 4월 2일)

피살된 40여 명의 청년 가운데 류허전 군이 있는데 그는 나의 학생이다. 학생이라고 나는 늘 생각하고 이렇게 이야기했는데 지금은 좀 주저된다. 내가 그에게 나의 비애와 존경을 바쳐야 마땅하기 때문이다. 그는 "구차하게 지금 살아 있는 나"의 학생이 아니라 중국을 위해 죽은 중국의 청년인 것이다.

「류허전 군을 기념하며」, 『화개집 속편』

(1926년 4월 1일)

나는 벗이나 학생이 죽을 때마다 언제 어디서 죽었는지는 모를 때면 아는 것보다 더 비애스럽고 불안했다. 이를 통해서 저 어두운 방에서 몇몇 도살자의 손에 목숨을 잃었으리라 상상하면 그 역시 군중 앞에서 죽는 것보다 더 쓸쓸할 게 분명했다.

「깊은 밤에 쓰다」, 『차개정잡문 말편』

(1936년 4월 4일)

04
05

죽은 자가 산 자의 마음 속에 묻히지 않는다면,
진짜 죽어버리게 된다.

「공허한 이야기」, 『화개집 속편』(1926년 4월 2일)

그해 청명절은 유난히도 썰렁했다. 버드나무는 겨우 쌀 반 톨 정도의 새싹을 토해냈을 뿐이었다. 동이 튼 지 얼마 되지도 않았건만, 화씨댁은 오른편 새로운 분묘 앞에 앉아 접시 넷에 밥한 그릇을 늘어놓고 한바탕 곡을 끝낸 뒤였다. …… 미풍이 불어와 그의 짧은 머리칼을 흩날렸다. 확실히 작년보다 백발이 훨씬 늘어나 있었다. 오솔길로 또 한 여인이 오고 있었는데, 역시 반백의 머리에 남루한 옷을 걸치고 있었다. …… 하릴없이 왼편 어느 무덤 앞으로 걸어가 광주리를 내려놓았다. 그 무덤과 샤오촨의 무덤은 일자로 늘어서 있었다. 그 가운데로 오솔길 하나가 가로놓여 있을 뿐이었다. 화씨댁은 여인이 접시 넷에 밥 한 그릇을 늘어놓고 한바탕 통곡을 한 뒤 지전을 사르는 걸 보면서 속으로 생각했다.

'저 무덤 안에도 아들이 누워 있구나.'

「약」, 『외침』(1919년 4월)

청원은 어느 나라에서나 늘상 있는 일이지만 사람이 죽을 정도의 일은 아니다. 하지만 우리는 이미 "총탄이 비 오듯 쏟아지는" 상황을 없애지 않는 한 중국은 예외라는 사실을 알고 있다. 정규의 전법도 상대가 영웅이어야 적용할 수 있다. 한대漢代 말기는 아무래도 인심이 매우 순박한 시절일 것이다. 내가 [옛] 소설의 전고를 인용하는 것을 용서하기 바란다. [삼국시대 위나라 장수] 쉬추許褚는 맨몸으로 전쟁터에 나갔다가 화살 몇 개를 맞았다. 그런데 진성탄金聖嘆은 그를 비웃으며 말했다. "누가 너더러 [갑옷도 입지 않고] 맨몸으로 나가라고 했는가?"

「공허한 이야기」, 『화개집 속편』(1926년 4월 2일)

요 몇 년 나 자신이 베이징에서 얻은 경험으로 이제껏 알고 있던, 이전 사람들의 문학에 대한 논의에 대해 점점 회의가 일었습니다. 그때는 총으로 학생들을 쏘아 죽이던 시절이었으니 문학에 대한 검열도 엄격했습니다. 내 생각에는 문학이니 하는 것은 가장 쓸모없는 것으로 힘없는 사람의 이야기입니다. 실제 권력이 있는 사람은 입을 열지 않고 사람을 죽이며, 압박받는 사람은 몇 마디 말을 하거나 몇 글자 쓰게 되면 피살되어버립니다. 요행히도 피살되지 않는다 해도, 날마다 소리치고 괴로움을 호소하고 불평을 늘어놓은들, 실제 권력을 가진 사람은 여전히 압박하고 학대하며 살육하니 그들에 맞설 방법이 없습니다. 그러니 문학이란 게 사람들에게 무슨 이로운 점이 있겠습니까?

「혁명시대의 문학」, 『화개집 속편의 속편』

(1927년 4월 8일)

참상은 나를 차마 눈 뜨고 못 보게 만들 정도였
다. 특히 소문은 차마 들을 수 없을 정도였다.
내가 할 말이 어디 있겠는가? 나는 쇠망하는 민
족이 아무런 기척도 없이 사라져가는 까닭을
알고 있다. 침묵, 침묵이여! 침묵 속에서 폭발
하지 않으면 침묵 속에서 멸망한다.

「류허전 군을 기념하며」, 『화개집 속편』

(1926년 4월 1일)

그렇다. 청년의 영혼이 내 눈앞에 우뚝 서 있다. 그들은 이미 거칠어졌다. 혹은 거칠어지려 한다. 그러나 나는 이 유혈과 말 못할 괴로움을 [안고 있는] 영혼을 사랑한다. 그것은 그가 나로 하여금 이 세상에 있다는 것을, 이 세상에서 살아가고 있음을 깨닫게 해주기 때문이다.

「일각一覺」, 『들풀』(1926년 4월 10일)

곧 앞길에 무덤이 있다는 것을 분명히 알면서
도 기어이 가는 것, 곧 절망에 대한 반항입니다.
왜냐하면 나는 절망하면서도 반항하는 것은 어
려운 일이며, 희망으로 인해 전투를 벌이는 사
람보다 훨씬 용감하고 비장하다고 보기 때문입
니다.

「자오치원趙其文에게 보내는 편지」, 『서신집』

(1925년 4월 11일)

나는 문예가 이 세상을 좌지우지하는 힘을 갖고 있다고 믿지 않습니다. 하지만 어떤 사람들이 이것을 다른 측면에서 응용하려고 한다면, 그것도 가능하다고 생각합니다. 이를테면 '선전'이 그렇습니다.

「문예와 혁명」, 『삼한집』(1928년 4월 4일)

시골에는 예로부터 우스운 이야기가 하나 있다. 두 명의 근시안이 누구 눈이 더 좋은지 입증하기 위해 관제묘에 가 그날 새로 걸린 편액을 보기로 했다. 그들은 둘 다 미리 칠장이를 찾아가서 글귀를 물어보았다. 그러나 탐문한 상세한 내력이 서로 같지 않았다. 큰 글씨만 알아본 사람은 불복하고, 말다툼을 시작해 작은 글씨를 본 사람이 거짓말한다고 우겼다. 길 가는 사람에게 물어보는 수밖에 없었다. 그 사람이 한 번 쳐다보고 나서 대답했다.

"아무것도 없소. 편액은 아직 내걸지도 않았구먼."

내 생각에 만약 문예 비평에서 시력을 겨루려면 역시 무엇보다도 편액이 먼저 걸려 있어야 할 것이다. 공허하게 논쟁을 해서는 사실 당사자 쌍방이 자기 속만 알 수 있을 뿐이다.

「편액」, 『삼한집』(1928년 4월 10일)

시간은 줄곧 흘러가고 거리도 전과 다름없이
태평스럽다. 유한한 몇 개의 생명이란 중국에
서는 아무것도 아닌 법이다. 기껏해야 악의 없
는 무료한 인간들에게 식사 뒤의 이야깃거리를
제공하거나 악의 있는 무료한 인간들에게 '소
문'의 씨를 제공할 따름이다. 그 밖의 심오한
의미라는 것은 거의 없다는 생각이다. 왜냐하
면 이것은 실제로 맨손으로 한 청원에 불과하
기 때문이다. 인류의 피의 전쟁이 앞으로 나아
가는 역사는 석탄이 형성되는 것과 흡사하다.
처음에는 많은 양의 목재였으나 결과는 오히려
소량의 석탄에 불과하다. 그런데 청원은 여기
에도 포함될 수 없으며 하물며 맨손으로 한 것
임에랴.

「류허전 군을 기념하며」, 『화개집 속편』
(1926년 4월 1일)

미국의 싱클레어는 모든 문예는 선전*이라고 말했습니다. 우리의 혁명 문학가들도 이것을 보배로 여겨 대서특필한 적이 있습니다. 그런데 엄숙한 비평가들은 또 그들이 '천박한 사회주의자'들이라고 말했습니다. 하지만 —마찬가지로 천박한— 나는 싱클레어의 말을 믿습니다. 당신이 사람들에게 보여주고자 한다면, 모든 문예는 선전입니다. 개인주의적인 작품이라하더라도 한번 쓰이고 나면 선전이 될 가능성이 있습니다. 당신이 글을 짓지 않고 입을 열지 않는 한. 그렇다면 당연하게도 그것을 혁명에응용해 일종의 도구로 삼아도 됩니다. …… 그러나 나는 모든 문예가 선전이지만, 모든 선전이 다 문예가 되는 것은 아니라고 생각합니다.

* 싱클레어는 『배금예술』(예술의 경제학에 대한 연구)이라는 책에서 "모든 예술은 선전"이라고 말한 바 있다. 『문화비판』 제2호(1928년 2월)에서 펑나이차오馮乃超의 번역문을 실을 때 이 구절을 큰 활자로 표시했다. 레닌은 일찍이 『영국의 평화주의와 영국의 증오 이론』이라는 책에서, 싱클레어를 "감정은 있으나 이론적 수양이 없는 사회주의자"라고 하였다.

이것은 마치 모든 꽃은 다 색깔이 있지만(나는 백색도 색으로 칩니다) 모든 색깔이 다 꽃이 아닌 것과 같습니다. 혁명이 구호, 표어, 포고문, 전보문, 교과서…… 외에도 문예를 이용하는 것은 바로 그것이 문예이기 때문입니다.

「문예와 혁명」, 『삼한집』(1928년 4월 4일)

봄에는 정신이 화창해지고, 여름에는 마음이 응결된다. 천기가 소슬한 가을에는 뜻이 침잠되고, 만물이 숨어드는 겨울에는 생각이 엄숙해진다. 인간의 감정은 사계절에 따라 바뀌는 것 같지만, 진실로 때로는 그 사계절을 거스르기도 한다. 따라서 천시天時나 인사人事도 모두 인간의 마음을 바꿀 수 없으니, 마음속에 진실함이 쌓여야만 말로 표현되는 것이다.

「파악성론」, 『집외집습유보편』(1908년)

이 세상을 진지하게 살아가려는 사람들은 먼저 감히 말하고, 감히 웃고, 감히 울고, 감히 화내고, 감히 욕하고, 감히 때리면서, 그리하여 이 저주스러운 땅에서 저주스러운 시대를 격퇴해야 한다.

「문득 생각나는 것 5」, 『화개집』(1925년 4월 18일)

지금 당장 우리가 마땅히 힘써야 할 시급한 일은 첫째, 생존하는 것이고 둘째, 배불리 먹고 따뜻이 입는 것이며 셋째, 발전하는 것이다. 만약 이러한 앞길을 방해하는 것은 옛것이든 지금의 것이든, 사람이든 귀신이든, 『삼분三墳』과 『오전五典』*이든, 백송과 천원**이든, 천구와 하도***

* 『삼분三墳』과 『오전五典』은 모두 전설 속의, 중국에서 가장 오래된 서적이다. 그러나 실제로 어느 책을 가리키는지는 알 수 없다. [루쉰(이주로 역), 「문득 생각나는 것 6」, 『화개집華蓋集』, 『루쉰전집』 제4권, 그린비출판사, 2014년. 76쪽]

** 백송百宋은 청대의 장서가인 황피례黃丕烈(1763~1825년)의 장서를 가리킨다. 황피례는 쟝쑤江蘇 우현吳縣 사람으로, 송대 판본의 서적 백여 부를 소장하였기에, 자신의 서재를 '백송일전百宋一廛'이라 일컬었다. 천원千元은 청대의 장서가인 우첸吳騫(1733~1813년)의 장서를 가리킨다. 우첸은 저쟝 하이닝海寧 사람으로, 원대 판본의 서적 천 부를 소장하였기에 자신의 서재를 '천원십가千元十駕'라 일컬었다.[루쉰(이주로 역), 「문득 생각나는 것 6」, 『화개집華蓋集』, 『루쉰전집』 제4권, 그린비출판사, 2014년. 76쪽]

*** 전설에 따르면, 천구天球는 옛날의 융저우雍州(지금의 산시陝西·간쑤甘肅 일대)에서 생산되던 아름다운 옥이며, 하도河圖는 복희伏羲 때에 용마龍馬가 황허에서 지고 나온 그림이다.[루쉰(이주로 역), 「문득 생각나는 것 6」, 『화개집華蓋集』, 『루쉰전집』 제4권, 그린비출판사, 2014년. 76쪽]

이든, 금인金人이든 옥불玉佛이든, 대대로 비전되
어 온 환약이든 가루약이든, 비법으로 만든 고
약이든 단약이든, 모조리 짓밟아버려야 한다.

「문득 생각나는 것 6」, 『화개집』(1925년 4월 18일)

나는 침묵하고 있을 때 충일함을 느낀다. 입을 여는 순간 공허함을 느낀다.

과거의 생명은 이미 죽어버렸다. 이 죽음이 나는 크게 기쁘다. 그로 인해 일찍이 살아 있었음을 알 수 있기 때문이다. 죽은 생명은 이미 부패했다. 이 부패가 나는 크게 기쁘다. 그로 인해 이것이 공허하지 않음을 알 수 있기 때문이다.

「제목에 부쳐」, 『들풀』(1927년 4월 26일)

투쟁하는 것이라면 나도 옳다고 생각합니다. 압박받는 사람이 어찌 투쟁하지 않겠습니까? 정인군자 무리야 이 한 수를 몹시 두려워하며 '과격함'이 가증스럽다고 욕을 하고 있습니다. …… 그들 배부른 자들은 굶주린 자들을 사랑할지 몰라도 굶주린 자들은 굶주린 자들을 사랑하지 않습니다. 황차오黃巢의 난 때 사람들이 서로 잡아먹었다는 사실을 보면, 굶주린 자들은 굶주린 자들을 사랑하지 않습니다. 이것은 실제로는 투쟁문학의 농간이라고 할 수는 없습니다.

「문예와 혁명」, 『삼한집』(1928년 4월 4일)

04
21

J. S. 밀은 말했다. "전제專制는 사람들을 냉소적으로 만든다." 하지만 우리는 오히려 천하태평이며 냉소조차 없다. 내 생각에 폭군의 전제는 사람들을 냉소적으로 만들지만 어리석은 백성의 전제는 사람들에게 죽을상을 짓게 만든다.

「문득 생각나는 것 5」, 『화개집』(1925년 4월 18일)

생명의 흙이 땅 위에 버려졌으나 키 큰 나무는 나지 않고 들풀만 났다. 이것은 나의 죄과이다. 들풀은 뿌리가 깊지 않고, 꽃과 잎도 아름답지 않다. 하지만 이슬을 빨아들이고, 물을 빨아들이고, 오래된 주검의 피와 살을 빨아들여 제각각 생존을 쟁취한다. 살아 있을 때도 짓밟히고 베어져 죽어서도 부패하게 된다. 하지만 나는 담담하고 흔연하다. 나는 크게 웃고 노래할 것이다. 나는 나의 들풀을 사랑한다. 하지만 나는 들풀을 장식으로 삼는 이 땅을 증오한다.

「제목에 부쳐」, 『들풀』(1927년 4월 26일)

하하! 어렸을 때 나는 쾌속정이 일으키는 물보라와 용광로에서 내뿜는 뜨거운 화염을 즐겨 보았다. 애석하게도 이것들은 모두 순간순간 변화하여 고정된 형태가 없었다. 뚫어지게 바라보고 또 바라봤지만 끝내 일정한 흔적을 아무것도 남기지 않았다.

죽은 화염, 이제 먼저 너를 얻었구나! 나는 죽은 불을 주워들었다. 자세히 보려는데 차가운 냉기에 손가락이 이미 화상을 입었다. 하지만 나는 참고 견디며 그것을 주머니에 넣었다. 얼음 골짜기 사면이 곧바로 완전히 해맑아졌다. 나는 얼음 골짜기를 벗어날 방법을 생각했다. 내 몸에서 한 가닥 검은 연기가 실뱀처럼 피어올랐다. 얼음 골짜기는 다시 붉은 화염으로 넘실대며 커다란 불구덩이처럼 나를 에워쌌다. 고개 숙여 내려다 보니 죽은 불이 이미 타오르며 내 옷을 뚫고 나와 얼음 바닥에 흐르고 있었다.

「죽은 불」, 『들풀』(1925년 4월 23일)

돌아보지 마라, 앞쪽에도 길이 있으니. 그리하
여 이 중국 역사에서 한 번도 본 적이 없었던 세
번째 시대를 창조하는 것이 바로 오늘날 청년
의 사명이다.

「등하만필」, 『무덤』(1925년 4월 29일)

이른바 중국의 문명이란 사실 인육의 연회를 마련하는 주방에 지나지 않는다. 모르고 찬양하는 자는 그래도 용서가 되지만, 그렇지 않다면 그런 무리는 영원히 저주를 받아 마땅하다. …… 크고 작은 무수한 인육의 연회가 문명이 생긴 이래 지금까지 줄곧 베풀어져 왔고, 사람들은 이 연회장에서 남을 먹고 자신도 먹히므로 …… 이 식인자들을 소탕하고 이 연회석을 뒤집어엎고 이 주방을 파괴하는 것이 바로 오늘날 청년들의 사명이다!

「등하만필」, 『무덤』(1925년 4월 29일)

개인적인 이익을 위해서가 아니라 원대한 목적을 위하여 나를 공격하는 사람에 대해선, 그 공격이 어떤 방법으로 이루어지더라도 나는 절대로 그 사람을 원망하지 않는다. 그러나 필묵으로 출세하는 게 목적인 청년에 대해서는, 근래 몇 년의 경험을 바탕으로 나는 지금 성심성의껏 감히 고언의 충고를 드리고 싶다. 끊임없이 (!) 노력하라. 절대로 일 년이나 반년, 몇 개의 잡지에 몇 개의 글을 쓴 정도를 가지고 마치 공전절후의 대업을 이룬 것처럼 생각하지 말라. 한 가지 더, 남을 말살하는 일에만 열중하여 나와 남이 함께 멸망하는 따위의 짓을 절대로 하지 말라. 반드시 앞길을 가로막아선 앞사람을 넘어 그 앞사람보다 위대해져라.

「루쉰 저서 및 번역서 목록」, 『삼한집』
(1932년 4월 29일)

04
27

내가 '진보적 청년'들로부터 말과 글로 공격을 당했을 때, 나는 '아직 쉰이 되기 전'이었지만 지금은 오히려 실제로 쉰이 넘어버렸다. 르낭E. Renan의 설에 의하면, 사람은 나이를 먹으면 성정이 각박해진다고 한다. 나는 힘을 다해 이 약점을 방어하고 싶다. 왜냐하면 세계는 결코 나와 함께 죽지 않으며, 희망은 미래에 있다는 것을 분명하게 알고 있기 때문이다.

「루쉰 저서 및 번역서 목록」, 『삼한집』

(1932년 4월 29일)

실제로 중국인들은 이제껏 '사람' 값을 쟁취한 적이 없으며, 기껏해야 노예에 지나지 않았고, 지금까지도 여전히 그러하다. 그렇지만 노예보다 못한 때는 오히려 헤아릴 수 없이 많았다. 중국의 백성들은 중립적이어서 전쟁 때에도 자기가 어디에 속하는지도 모르지만, 또 어느 편에든 속했다. …… 이때 백성들은 바로 일정한 주인이 나타나서 자신들을 백성으로 삼아 주기를, 그것을 감당할 수 없다면 자신들을 소나 말로라도 삼아 주기를 희망했다. 스스로 풀을 찾아 뜯어먹고 살기를 진심으로 바라면서, 어떻게 다녀야 할지만을 결정해 주기를 원했다.

「등하만필」, 『무덤』(1925년 4월 29일)

04
29

나 자신을 위해, 친구와 적, 사람과 짐승, 사랑하는 이와 사랑하지 않는 이를 위해 나는 이 들풀이 죽어 부패하는 날이 불같이 닥쳐오기를 바란다. 그렇지 않으면 나는 일찍이 생존했던 적이 없게 될 것이다. 그것은 실로 죽어 부패하는 것보다 더 불행한 일이 될 터이다.

가거라, 들풀이여. 나의 머리말과 함께!

「제목에 부쳐」, 『들풀』(1927년 4월 26일)

04
30

우리는 너무나도 쉽게 노예가 되며, 노예가 된 뒤에도 아주 좋아한다.

「등하만필」,『무덤』(1925년 4월 29일)

# 5월
## May

기로에 서 있으면 발을 내딛기가 어렵지만 네거리에 서 있으면 갈 수 있는 길이 많습니다. 나 자신은 아무것도 두려운 게 없습니다. 생명은 나 자신의 것이기에, 나는 내가 갈 수 있다고 여기는 길을 향해 성큼성큼 나아가도 괜찮습니다. 내 앞에 놓인 것이 깊은 연못이든, 가시덤불이든, 협곡이든, 불구덩이든 모두 나 자신이 책임질 일입니다. 하지만 청년들을 향해 말하는 것은 어렵습니다. 만약 앞 못 보는 사람이 눈먼 말을 탄 것처럼 다른 사람을 위험한 길로 인도하게 되면, 나는 수많은 인명을 죽음으로 몰아가는 죄를 짓게 될 것이기 때문입니다.

「베이징 통신」, 『화개집』(1925년 5월 8일)

05
02

당신의 반항은 광명이 도래하기를 바라는 것이
겠지요. 하지만 내 반항은 그저 어둠과 소란을
피우는 것일 뿐이오.

「쉬광핑許廣平에게 보낸 편지」, 『서신집』

(1925년 5월 3일)

'풍자'의 생명은 진실이다. 일찍이 실제로 있었던 일이어야 할 필요는 없지만 반드시 있을 수 있는 일이어야 한다. 그래서 이것은 '날조'도 아니고 '비방'도 아니다. '비밀을 드러내는 것'도 아니며, 사람들을 깜짝 놀라게 하는 소위 '기이한 소문'이나 '괴현상'만을 기록하는 것도 아니다. 이것이 기술한 일은 공공연한 것이며 또한 흔히 보는 것으로, 평소에는 누구도 기이하다고 생각지 않으며, 그래서 당연히 어느 누구도 주의를 기울이지 않는 것이다.

「풍자란 무엇인가」,『차개정잡문 2집』
(1935년 5월 3일)

내 생각에는 학문적 기초가 없는 애국 따위는
모두 공허한 담론이고, 지금 중요한 것은 정말
열심히 학문을 추구하는 일인데, 애석하게도
이 또한 오늘날 학자들이 듣고 싶어 하지 않는
말이지.

「쑹쑹이宋崇義에게 보내는 편지」, 『서신집』
(1920년 5월 4일)

용감한 자는 분노하면 칼날을 뽑아 들어 더 강한 자를 겨눈다. 비겁한 자는 분노하면 칼날을 뽑아 들어 더 약한 자를 겨눈다. 구제할 길이 없는 민족 중에는 틀림없이 아이들에게만 눈을 부라리는 영웅이 많이 있을 것이다. 이런 겁쟁이들! 아이들은 눈 부라림 속에서 자라나, 다시 다른 아이들에게 눈을 부라린다. 그리고 그들은 평생 분노 속에서 지내 왔다고 생각한다. 분노는 단지 이러한 것에 지나지 않으므로, 그들은 평생 분노할 것이다. 나아가 2세, 3세, 4세, 그리고 말세에 이르도록 분노할 것이다.

「잡감」, 『화개집』(1925년 5월 5일)

적의 칼에 죽는 것은 슬퍼할 일이 아니다. 어디에서 날아온 지도 모르는 무기에 죽는 것이 슬픈 일이다. 하지만 가장 슬픈 것은 자애로운 어머니나 애인이 모르고 넣은 독약이나 전우가 잘못 쏜 유탄에 죽거나 결코 악의가 없는 병균의 침입, 자신이 만들어낸 것이 아닌 사형에 의해 죽는 것이다.

「잡감」, 『화개집』(1925년 5월 5일)

"사람들의 말은 가히 두렵다"는 영화배우 롼링위*가 자살한 뒤 그의 유서 속에 나온 말이다. …… 롼링위의 자살에 대해 나는 그녀를 변호할 생각이 없다. 나는 자살을 찬성하지 않으며, 자살할 생각도 없다. 하지만 내가 자살하려고 하지 않는 것은 자살을 경시하는 것이 아니라, 그렇게 할 수 없기 때문이다. …… 내 생각에 자살은 사실 쉬운 일이 아니다. 결코 우리같이 자살할 마음이 없는 사람들이 경멸할 만큼 그렇게 간단히 실행할 수 있는 것은 아니다. 만약 쉽다고 생각하는 사람이 있다면 어디 한번 해보라!

「"사람들의 말은 가히 두렵다"에 관해」,
『차개정잡문 2집』(1935년 5월 5일)

---

\* 롼링위阮玲玉(1910~1935년)는 1910년 상하이에서 태어나 16세에 영화계에 데뷔하여 10년 동안 중국 영화계를 풍미한 여배우다. 그러나 25세에 유부남과의 불륜 관계에서 헤어나지 못하고 결국 자살하고 말았다. 그녀는 유서에 "아, 내가 죽는다 해도 무슨 아쉬움이 있겠는가. 허나 사람들의 말이 두렵다. 사람들의 말이 두려워!"라고 적었다.

나는 인류가 향상 즉 발전하기 위해서는 마땅
히 행동해야 하며, 행동하면서 약간 잘못을 저
지르더라도 별로 문제가 되지 않는다고 생각한
다. 오로지 반쯤 죽은 듯이 구차하게 사는 것은
완전히 잘못된 삶이다. 그것은 삶이라는 간판
을 걸고 실제로는 죽음의 길로 인도하는 것이
기 때문이다! 나는 어쨌든 우리가 청년들을 감
옥에서 꺼내야 한다고 생각한다. 도중의 위험
은 당연히 있을 테지만, 이것은 삶을 추구하는
과정에서 우연히 나타난 위험인지라 피할 곳이
없다.

「베이징 통신」, 『화개집』(1925년 5월 8일)

이제 중국에서 그런 이들을 찾아보매, 정신계의 전사라 할 만한 사람은 어디에 있는가? 지극히 정성스러운 소리로 우리를 선함과 아름다움, 강건함으로 이끌 사람이 있는가? 따스하고 훈훈한 소리로 우리를 황폐하고 스산한 곳에서 구원할 사람이 있는가? 가정과 나라는 황폐해졌으되, 최후의 슬픈 노래를 지어 천하에 호소하고 후손에게 물려줄 예레미아*는 아직 나오지 않았다. 그가 아직 태어나지 않은 것인지, 태어났는데 사람들에게 살해된 것인지 그중 하나거나 둘 다이기에 중국이 끝내 적막해진 것이다.

「마라시력설」, 『무덤』(1908년)

---

\* 예레미아Jeremiah는 이스라엘의 예언가이다. 『구약』의 「예레미아」 52장에 그의 언행이 기록되어 있다. 또 「예레미아 애가」는 유대민족의 고도故都인 예수살렘의 함락을 애도한 그의 작품으로 전해지고 있다.

나는 청년들에게 내가 걷는 길을 함께 가자고 권하고 싶지 않습니다. 우리는 나이나 처한 상황이 다르기 때문에, 생각의 귀착점 역시 일치할 수 없습니다. 하지만 나더러 청년들이 어떤 목표를 향해 나아가야 하는가 묻는다면, 나는 그저 다른 사람을 위해 생각해두었던 말을 할 수밖에 없습니다. 그것은 곧 첫째는 생존해야 하고, 둘째는 입고 먹어야 하며, 셋째는 발전해야 한다는 것입니다. 이 세 가지를 가로막는 자가 있다면, 그가 누구이든 우리는 그에게 반항하고 그를 물리쳐야 합니다.

「베이징 통신」, 『화개집』(1925년 5월 8일)

위대한 장성長城이여!

이 프로젝트는 비록 지도 위에 조그마한 모습으로 남아 있지만, 무릇 세계적으로 약간의 지식을 가진 사람이라면 모두 알고 있을 것이다. 사실은 이제껏 수많은 노동자가 헛되이 노역에 시달리다 죽었을 뿐, 오랑캐를 막아냈던 적이 없다. 이제는 오래된 유적일 뿐이지만 한 순간에 사라지지는 않을 것이고 여전히 보존될 것이다.

나는 항상 장성이 내 주위를 에워싸고 있다고 느낀다. 그 장성의 구성 재료는 예전부터 있던 낡은 벽돌과 보수하면서 덧붙인 새로운 벽돌이다. 이 두 가지 것이 한데 어우러져 성벽을 이루고 사람들을 포위하고 있다. 언제쯤 장성에 새 벽돌을 보태지 않아도 될까?

저 위대하고도 저주스러운 장성이여!

「장성」, 『화개집』(1925년 5월 11일)

나는 1881년 저쟝浙江의 사오싱紹興 시내 저우周 씨 성을 가진 가문에서 태어났다.* 아버지는 글 공부하는 선비였고, 어머니는 성이 루魯 씨로 시 골 사람이었으나 혼자 독학하여 문학 작품을 볼 수 있을 정도의 수준에 이르렀다. 다른 사람들 이 하는 말로, 내가 어렸을 때는 그래도 집안에 4~50무 정도의 논이 있어 생계를 걱정할 정도 는 아니었다. 하지만 열세 살 되던 해에 갑자기 우리집에 큰 변고가 생겨 거의 아무것도 남아 있지 않았다. 나는 친척 집에 맡겨졌는데, 어떤 때는 거렁뱅이라 불리기도 했다. 그래서 나는 집으로 돌아가기로 결심했다. 그러나 아버지가 중병에 걸려 약 3년여 만에 돌아가셨다. 나는 아 주 적은 학비도 댈 수 없는 지경까지 내몰렸다. 어머니는 나에게 약간의 여비를 마련해주어 학 비가 필요없는 학교를 찾아가게 하셨다.

「자전自傳」, 『집외집습유보편』(1930년 5월 16일)

* 1881년 9월 25일 루쉰 탄생

붓을 놀리지 않는 게 제일 좋지. 내가 『들풀』에
서 한 쌍의 남녀가 광야에서 손에 칼을 들고 마
주 서 있는데, 무료한 사람이 따라와서 반드시
[뭔가] 사건이 일어나 자신의 무료함을 달래
주리라 생각했다. 하지만 그 두 사람이 그 이후
로 아무런 동작도 없는 까닭에, 그 무료한 사람
은 여전히 무료해 하다가 늙어 죽었다는 내용
을 서술하고 제목을 『복수』라고 한 것 역시 그
런 의미라네.

「정전둬鄭振鐸에게 보내는 편지」, 『서신집』

(1934년 5월 16일)

나는 혁명(신해혁명 : 역자)이 일어나 사오싱이 해방된 뒤 사범학교의 교장이 되었다. …… 나중에 다시 베이징대학과 사범대학, 여자사범대학의 국문과 강사를 겸직했다. 1926년 몇 명의 학자가 돤치루이 정부에 내가 못된 인간이라고 밀고해, 나는 친구인 린위탕林語堂의 도움을 받아 샤먼厦門으로 피신해 샤먼대학의 교수가 되었다. 그해 12월 그 학교를 나와 [그 이듬해에] 광둥廣東으로 가서 중산대학 교수가 되었다. [같은 해] 4월에 사직하고 9월에는 광둥을 떠나 이제까지 줄곧 상하이에서 살고 있다. 나는 유학 시절에 되지 않은 글을 몇 편 잡지에 실은 적이 있다. 소설을 처음 쓴 것은 1918년인데, 친구인 첸쉬안퉁錢玄同의 권고로 『신청년』에 실었다. 그때부터 '루쉰'이라는 필명을 썼다.

「자전自傳」, 『집외집습유보편』(1930년 5월 16일)

만약 겉보기에 풍자인 듯한 작품이 선의가 조금도 없으며 열정도 완전히 결여되어 단지 독자들에게 온 세상의 일은 어느 하나도 취할 바가 없고 또 어느 하나도 가치가 없다고 여기게끔 할 뿐이라면, 그것은 결코 풍자가 아니다. 이것은 바로 소위 '차가운 조소'다.

「풍자란 무엇인가」, 『차개정잡문 2집』

(1935년 5월 3일)

도쿄東京의 예비학교를 졸업한 뒤에는 이미 의학을 공부하기로 결심했다. 그렇게 결심한 원인 가운데 하나는 새로운 의학이 일본의 유신에 아주 큰 도움을 주었다는 사실을 똑똑히 알고 있었기 때문이었다. 그래서 나는 센다이의학전문학교에 들어가 2년 간 공부했다. 그때는 마침 러일전쟁 시기라 우연히 영화(실제로는 환등기 : 역자)에서 한 중국인이 정탐을 했다는 이유로 참수당하는 장면을 보았다. 그때 중국에서 몇 사람을 잘 치료해주는 것은 소용없는 일이고, 더 광범위한 운동(우선적으로 신문예를 제창하는 것)을 벌여나가야 한다는 사실을 깨달았다. …… 결국 어머니와 다른 사람 몇몇이 내가 경제적으로 도움을 주었으면 해서 곧바로 중국에 돌아왔다. 그때 내 나이 스물아홉이었다.

「자전自傳」, 『집외집습유보편』(1930년 5월 16일)

각종 문학이란 것은 모두 환경에 대응해 생겨
난 것들입니다. 문예를 숭상하는 이들은 문예
가 풍파를 일으킬 수 있다고 말하기 좋아하지
만, 실제로는 정치가 선행한 뒤에야 문예가 변
하는 것입니다. 문예가 환경을 변화시킬 수 있
다고 생각하는 것은 관념론으로, 현실은 문학
가가 예상한 대로 나타나지 않습니다. 그래서
거대한 혁명이 일어나면, 그 이전의 이른바 혁
명가들은 반드시 멸망하게 됩니다.

「오늘날의 신문학 개관」, 『삼한집』(1929년 5월 25일)

근래에 '과격주의'가 온다는 말을 자주 듣는다. …… 이것에 대해 그들의 설명이 없으므로 나도 알 도리가 없다. 비록 잘 모르지만 감히 한마디 하려고 한다. '과격주의'가 올 리도 없고 그것을 두려워할 필요도 없지만, 다만 '온다'가 온다면 마땅히 두려워해야 한다. …… 민국이 세워질 무렵, 나는 일찌감치 백기를 든 작은 현에서 살고 있었다. 어느 날 문득 분분히 어지러이 도망치는 수많은 남녀를 보았다. 성 안의 사람들은 시골로 도망가고 시골 사람들은 성안으로 도망쳤다. 그들에게 무슨 일인지 물었더니 '사람들이 곧 온다고 했어요'라고 대답했다. 그들은 모두 우리처럼 다만 '온다'를 무서워하고 있었음을 알 수 있다.

「'온다'」, 『열풍』(1919년 5월)

자유주의? 사상을 발표하는 것조차 범죄가 되니 몇 마디 말도 하기 어렵다. 인도주의? 우리는 아직도 사람 몸을 사고팔 수 있지 않은가?

「'온다'」, 『열풍』(1919년 5월)

혁명을 갈망하던 문인들이 일단 혁명이 도래한 뒤 오히려 침묵에 빠져버린 사례는 일찍이 중국에도 있었습니다. 청말青末의 '남사南社'는 혁명을 고취하던 문학 단체였습니다. 하지만 그들은 한족이 억압받고 있는 현실에 탄식하며, 만주인의 횡포에 분노하며 '옛 문물의 부활'을 갈망했습니다. 그런데 민국이 성립한 뒤에는 오히려 고요하게 아무 소리를 내지 않았습니다. 내 생각에는 그들의 이상이 혁명 이후에 '한漢나라 시대 관리의 위세를 다시 드러내 보여주는' 높은 관과 넓은 허리띠에 있었는데, 현실은 그렇지 못했기에 따분하게 흥미가 사라져 집필할 생각이 없어졌기 때문입니다.

「오늘날의 신문학 개관」, 『삼한집』(1929년 5월 25일)

옛날을 우러러 흠모하는 자, 옛날로 돌아가라!
세상에서 떠나고 싶은 자, 빨리 떠나라! 하늘로
오르고 싶은 자, 빨리 올라가라! 영혼이 육체를
떠나고 싶은 자, 빨리 떠나라! 현재의 지상에는
현재에 집착하고, 지상에 집착하는 사람들이
사는 곳이다. 그러나 현세를 혐오하는 인간들
이 아직도 살고 있다. 이들이야말로 현세의 적
들이다. 그들이 하루 더 머물러 있으면 현세는
그 하루만큼 구원이 늦어진다.

「잡감」, 『화개집』(1925년 5월 5일)

혁명 후에 어느 정도 성과가 나타나 숨 쉴 여유가 약간이라도 생겨야 새로운 혁명문학가가 나오게 됩니다. 왜 그럴까요? 구사회가 막 붕괴할 즈음에는 항상 혁명성을 띤 것 같이 보이는 문학 작품들이 나타나지만 사실 그것들은 진정한 혁명문학이 아니기 때문입니다. 이를테면, 어떤 사람은 구사회를 증오하는데, 증오만 할 뿐 미래에 대한 이상을 갖고 있지 못합니다. 어떤 사람은 사회의 개조를 극력 주장하지만 그에게 그게 어떤 사회냐고 물어보면 실현 불가능한 유토피아인 경우도 있습니다. 또 어떤 사람은 사는 게 무료한지라 공허한 마음에 무언가 자극이 필요해 커다란 변화를 갈망하기도 합니다.

「오늘날의 신문학 개관」, 『삼한집』(1929년 5월 25일)

민중은 거센 파도와 같다. 막을수록 더욱 거세
진다.

「문화편향론」, 『무덤』(1908년)

사람은 물론 생존해야 한다. 하지만 그것은 진화하기 위해서다. 고통을 감내하는 것도 괜찮긴 하지만, 그것은 머지않아 닥칠 모든 고통을 없애기 위해서다. 그뿐 아니라 싸움도 해야 하는데, 그것은 개혁을 위해서이다. 다른 사람의 자살을 책망하는 사람은 한편으로는 그 사람을 책망하고, 다른 한편으로는 반드시 그 사람을 자살로 몰아간 환경에 대해서도 도전해야 하며 공격해야 한다. 만약 암흑의 주력에 대해 한마디 말도 못하고, 화살 한 개도 쏘지 않으면서 단지 '약자'에 대해서만 시끄럽게 떠벌릴 뿐이라면, 설사 그가 제 아무리 핑계를 댄다 해도, 나는 말하지 않을 수 없다. 나는 정말 참을 수 없다. 사실 그는 살인자의 공범에 지나지 않는다고.

「친리자이 부인 일을 논하다」, 『꽃테문학』
(1934년 5월 24일)

05
25

롤랑 부인은 말했다.

"자유여, 자유여! 그대의 이름을 빌려 얼마나 많은 죄악이 저질러지고 있는가!"

「문득 드는 생각」, 『꽃테문학』(1934년 5월 25일)

나는 사람들의 혼령을 포착하려고 애를 쓰기는 했으나 종종 약간의 손색이 있다는 사실에 나 자신 아쉬움을 느끼곤 한다. 장래에 높은 장벽에 둘러싸여 있던 모든 사람이 스스로 각성해 밖으로 뛰쳐나와 입을 열 때가 있으련만 지금은 그런 사람들이 드물게 보인다. 그래서 나는 다만 나 자신의 관찰에 의해 어설프나마 내 눈으로 본 중국 사람의 모습을 먼저 써보기로 했던 것이다.

「러시아어 번역본 『아큐정전』의 서문과 저자 자서 약전」, 『집외집』(1925년 5월 26일)

쓰마첸司馬遷 이래 모두 주나라의 근본이 노자의 말로 귀결된다고 했다. 그러나 노자는 유무를 이야기하고, 장단을 구별하며, 흑백을 알고자 하여 천하를 염두에 두었다. 주나라는 유무와 장단, 흑백을 아울러 통일함으로써 '혼돈'으로 크게 돌아가고자 했으니, '시비에 얽매이지 않고', '생사를 도외시하며', '처음도 끝도 없다'라는 등등이 모두 이런 뜻이다. 중국에서 속세를 벗어난다는 '출세' 이론은 여기에 이르러 비로소 완비되었다.

『한문학사강요』(1926년)

새로운 제도, 새로운 학술, 새로운 명사가 중국에 전해 들어오면 검은 염색 항아리에 빠진 듯이 즉시 새카맣게 물들어 자기 잇속을 챙기는데 써먹는 도구로 변할 것이다. 과학 역시 그 하나에 지나지 않을 뿐이다.

「문득 드는 생각」, 『꽃테문학』(1934년 5월 25일)

민중의 혼만이 소중하다. 그것을 드높여야 중
국에 참다운 진보가 있다.

「학계의 세 가지 혼」, 『화개집 속편』(1926년)

어느 곳이든 청춘의 생명이 쇠락하는 곳이라면 살육이 있고, 신음이 있고, 썩어 없어질 것들에 매달려야 하는 일이 있다. 하지만 나는 이 침묵의 도시 속에서도 내 생명이 존재하고 있음을 점점 깨닫게 되었다. 비록 줄곧 부딪혀 깨지기는 했지만, 결코 쇠락해서 없어지지는 않았다. '한여름의 먹구름'은 보이지 않지만, 비를 뿌리는 궂은 날씨에 밝음과 어두움이 오락가락하는 것과 같은 지경이었다. 이 번역 원고를 정리하고 있는 지금의 날씨처럼.

「『소년 요하네스』 머리말」, 『소년 요하네스』
(1927년 5월 30일)

05
31
대개 여우는 꼬리가 끝내 드러나게
마련이다.

「양지원楊霽雲에게 보내는 편지」, 『서신집』
(1934년 5월 31일)

# 6월
## June

06
01

사람의 언행은 대낮과 깊은 밤, 태양 아래와 등불 앞에서 늘 다른 모습을 보인다.

『풍월이야기』(1933년 6월 8일)

사실 '혁명'이란 건 희한한 게 아닙니다. 혁명이 있어야만 사회가 개혁하고 인류도 진보할 수 있는 것입니다. 아메바로부터 인류가 나오고 야만으로부터 문명으로 나아갈 수 있는 것도 바로 한 순간도 혁명이 아닌 게 없기 때문입니다.

「혁명시대의 문학」, 『이이집』(1927년 6월 12일)

나는 꿈속에서 보았다. 나 자신은 침상 위에 누워 있고, 황량한 벌판, 지옥의 가장자리였다. 모든 귀신의 울부짖는 소리가 나지막하나 질서가 있었고, 화염이 분노하는 외침, 기름이 들끓음, 쇠스랑이 진동하는 소리와 어우러져 심취할 만한 장대한 음악이 되어 삼계에 퍼졌다. 지하는 태평하다.

「잃어버린 좋은 지옥」, 『들풀』(1925년 6월 16일)

밤을 사랑하는 사람이 밤을 듣는 귀와 밤을 보는 눈을 갖고 있다면, 어둠 속에서 모든 어둠을 보게 된다.

「밤의 송가」, 『풍월이야기』(1933년 6월 8일)

군중을 대할 때 그들의 공분을 불러일으키고
나서도 다시 깊은 용기를 주입할 방법을 생각
해야 한다. 그리고 군중의 감정을 고무할 때는
온 힘을 다해 명백한 이성을 계발해야 한다.

「잡다한 기억」, 『무덤』(1925년 6월 16일)

요 근래 청년이라는 화두가 크게 유행하고 있어, 입을 열면 청년이고 입을 닫아도 청년이다. 하지만 청년이라고 어찌 일괄해서 논할 수 있겠는가? 깨어 있는 청년도 있고 잠들어 있는 청년도 있고, 흐리멍덩한 청년도 있고 누워 있는 청년도 있고, 놀고 있는 청년도 있으며 그 밖에도 많이 있다. 물론 전진하려는 청년도 있다. 전진하려는 청년들은 대체로 스승을 구하고 싶어 한다. 하지만 감히 말하건대, 그들은 영원히 구할 수 없을 것이다. 구할 수 없는 게 오히려 운이 좋은 것이다. 자기 자신을 아는 이는 불민하다면서 사양하는데, 스스로 자부하는 이는 과연 정말로 길을 알고 있는 것일까?

「스승」, 『화개집』(1925년)

혁명이 일어나게 되자, 대체로 말하자면 복수
의 사상은 감퇴하고 말았다. 생각건대, 이렇게
된 것은 대개 사람들이 이미 성공에 대한 희망
을 품고 있었고, 또 '문명'이라는 약을 복용하
게 되어 얼마간 한족의 체면을 세우느라 더 이
상 잔혹한 복수는 없었기 때문이다.

「잡다한 기억」, 『무덤』(1925년 6월 16일)

밤이 강림하여 문인과 학자들이 대낮에 눈부신 백지에 썼던 초연하고, 혼란하며, 황홀하고, 왕성하며, 찬란한 모든 문장을 말살해버리고, 오직 동정을 구하고, 비위를 맞추고, 거짓말하고, 남을 속이고, 허풍 치며, 음모를 꾀하는 밤의 기운만 남았다.

「밤의 송가」, 『풍월이야기』(1933년 6월 8일)

생각을 할 수 없다. 4천 년 동안 사람을 잡아먹은 곳. 오늘에서야 알게 되었다. 나 역시 그 안에서 되는 대로 몇 년을 살았다는 것을. 형이 집안일을 건사하고 있을 때 공교롭게도 누이동생이 죽었다. 형이 우리가 먹는 밥과 반찬에 암암리에 우리에게 먹이지 않았다고 장담할 수 없다. 나도 모르는 사이 내 누이동생의 살코기 몇 점을 먹지 않았다고 장담할 수 없다. 이번에는 내 차례인 것이다.

「광인일기」, 『외침』(1918년)

작가는 자유롭게 노동자, 농민, 학생, 강도, 창녀, 가난뱅이, 부자에 대해 쓸 수 있다. 어떤 소재도 가능하고, 그렇게 써내려간 것은 모두 민족 혁명 전쟁의 대중문학이 될 수 있다. 작품 뒷부분에 의식적으로 민족 혁명 전쟁의 꼬리를 삽입해 그것을 치켜올려 깃발로 삼을 필요도 없다. 우리에게 필요한 것은 작품 끝에 덧붙여놓은 구호나 가식적인 꼬리가 아니라 작품 전체에 담겨 있는 진실한 생활과 용과 호랑이가 살아 움직이는 듯한 전투, 약동하는 맥박, 사상과 열정 등이기 때문이다.

「현재 우리의 문학운동을 논함」, 『차개정잡문 말편』
(1936년 6월 10일)

06
11
예전부터 이러했다면 그대로

옳은 것인가?

「광인일기」, 『외침』(1918년)

혁명을 위해서는 '혁명인'이 있어야 하며 '혁명
문학'이란 건 오히려 급할 필요가 없습니다. 혁
명인이 뭔가를 만들어내야 비로소 혁명문학인
것입니다. 그래서 내가 생각하기에는 혁명이란
건 오히려 문장과 관계가 있습니다. 혁명시대
의 문학과 평상시의 문학은 다릅니다. 혁명이
도래하면 문학은 그 색채를 바꿉니다. 대혁명
은 문학의 색채를 바꿀 수 있지만 작은 혁명은
오히려 그렇지 않습니다. 무슨 혁명으로 볼 수
없기에 문학의 색채를 바꿀 수 없는 것입니다.

「혁명시대의 문학」, 『이이집』(1927년 6월 12일)

독재자의 이면은 노예다. 권력을 쥐고 있을 때는 무소불위지만 세력을 잃고 나면 노예 근성이 극에 달한다. …… 주인 노릇을 할 때는 모든 이를 노예로 부리다가도 주인이 생기게 되면 어김없이 노예를 자처한다. 이것은 움직일 수 없는 만고불변의 진리다.

「속담」, 『남강북조집』(1933년 6월 13일)

개인의 사상과 행위는 반드시 자기를 중추로
삼고 또 자기를 가장 마지막으로 삼아야 하니,
이것이 바로 자기 성정의 절대적인 자유를 수
립하는 것이다.

「문화편향론」, 『무덤』(1907년)

06
15

아침에 수레를 타고 창오를 떠나
저녁에 나는 현포에 도착했네.
잠시 이 천문에 머물고자 하나,
날이 어느덧 저물려 하네.

나는 희화에게 채찍을 멈추게 하고,
엄자 쪽으로 가까이 가지 못하게 했네.
길은 까마득히 아득하고 먼데,
나는 오르내리며 찾아 구하고자 하네.

취위안屈原 「이소離騷」 두 구절, 『방황』 서두

인간인 주제에 신선이 되고 싶어 하고, 지상에서 태어났으면서 하늘에 오르려 한다. 분명 현대인이고 현재의 공기를 마시고 있으면서도, 오히려 썩어 빠진 도리를 가르치고 말라비틀어져 죽은 언어를 강요하며 현재를 깡그리 모멸한다. 이 모든 것이 '현재의 도살자'이다. '현재'를 죽이고 '미래'도 죽인다. 그런데 미래는 후손들의 시대이다.

「현재의 도살자」, 『열풍』(1919년)

심장을 도려내어 스스로 먹는 것은 본래의 맛을 알고 싶어서이다. [하지만] 통증이 극심할 텐데, 본래의 맛은 어떻게 알지? …… 통증이 가라앉으면 천천히 먹는다. 그런데 그 심장은 이미 케케묵었으니 본래의 맛은 또 어떻게 알지?

「묘갈문」, 『들풀』(1925년 6월 17일)

인간 교육의 여러 분야는 언제나 중도로 나아가는 것이 아니라 갑이 긴장하면 을이 느슨해지고, 을이 성하면 갑이 쇠하며, 시대에 따라 오가면서 끝이 없는 것이다.

「과학사교편」(1907년)

그녀가 단어가 없는 언어를 내뱉을 때, 그녀는 석상처럼 위대했으나 이미 황폐해졌고, 퇴락한 몸뚱이 전체가 떨렸다. 이 떨림은 점점이 물고기 비늘처럼 변해서, 뜨거운 불길 위에서 끓는 물처럼 비늘들이 모두 기복을 일으켰다. 공기도 즉각 함께 진동하여 마치 폭풍우 몰아치는 황량한 바다의 파도 같았다. 폭풍우 속 거친 바다의 파도를 방불케 했다.

「퇴락한 선의 떨림」, 『들풀』(1925년 6월 29일)

사람들이 바라고 요구하는 것은 뉴턴에 그치지 않고, 셰익스피어 같은 시인도 바라고, 보일 뿐만 아니라 라파엘로 같은 화가도 바라며, 칸트가 있다면 베토벤 같은 음악가도 있어야 하고, 다윈이 있다면 반드시 칼라일 같은 문인도 있어야 한다. 무릇 이들은 모두 인성을 온전하게 해 편향되게 하지 않음으로써 오늘날의 문명을 보게 한 사람들이다. 아, 저 인류 문화의 역사적 사실이 가르치는 바는 진정 이와 같을진저!

「과학사교편」(1907년)

4천 년 동안 사람을 잡아먹은 이력을 가진 나이
지만, 처음엔 몰랐는데 이제는 분명히 알겠다.
참된 사람을 만나기가 정말 어렵다는 것을!

「광인일기」, 『외침』(1918년)

밤을 사랑하는 사람은 고독한 사람일 뿐 아니라 한가한 자, 싸우지 못하는 자, 광명을 두려워하는 자이다.

「밤의 송가」, 『풍월이야기』(1933년 6월 8일)

사람 사는 세상은 아주 적막하다. 나는 그저 이렇게 말할 수밖에! 너희와 나는 피 맛을 본 짐승처럼 사랑을 맛보았다. 가거라. 내 주위를 적막으로부터 구하고자 한다면, 온 힘을 다해 일하거라. 나는 너희를 사랑했고, [앞으로도] 영원히 사랑할 것이다. 이것은 결코 아버지로서 너희로부터 그 어떤 보답을 받으려고 하는 말이 아니다. 내가 '너희를 사랑할 수 있도록 가르쳐준 너희'에 대한 나의 요구는 오직 나의 감사를 받아달라는 것일 뿐……

「아이들에게」,『열풍』(1919년)

어쩌면 그 자신이 그리 믿을 만하지 못하다는 사실을 알고 있는 이가 오히려 믿을 만하다. 청년들이 금 간판이나 내걸고 있는 스승을 찾아야 할 이유가 어디 있는가? 차라리 벗을 찾아, 생존할 수 있을 거라 여겨지는 방향으로 함께 나아가라. 그대들에게는 넘치는 활력이 있다. 밀림을 만나면 개척해 평지를 만들 수 있을 것이고, 너른 들판을 만나면 나무를 심을 수 있을 것이며, 사막을 만나면 우물을 팔 수도 있을 것이다. 무엇 때문에 가시덤불로 막혀 있는 낡은 길을 묻고, 무엇 때문에 너절한 스승을 찾아 헤매는가!

「스승」, 『화개집』(1925년)

대개 소리는 자기 마음에서 우러나와야만 자신에게 돌아가게 되고, 그리하여 사람은 비로소 각자 자아自我를 갖게 될 것이다. 사람이 자아를 갖게 될 때 사회의 큰 각성에도 가까이 다가가게 된다.

「파악성론」, 『집외집습유보편』(1908년)

과학자는 항상 세상 물욕이 없어야 하고, 항상 겸손해야 하며, 이상이 있어야 하고, 영감이 있어야 한다. 이 모든 것을 갖추지 않고 후세에 업적을 남긴 사람은 아직까지 듣지 못했다.

「과학사교편」(1907년)

06
27

칠흑 같은 것이 낮인지 밤인지 알 수 없다. 자오 씨네 개가 또 짖어대고 있다. 사자같이 흉악한 마음, 토끼의 겁약함, 여우의 교활……

「광인일기」, 『외침』(1918년)

어미의 죽은 시체를 먹고 힘을 비축한 사자 새
끼처럼, 강건하고 용맹하게 나를 버리고 인생
을 살아가면 그뿐이다.

「아이들에게」, 『열풍』(1919년)

그녀는 깊은 밤 속을 끝없이 걸었다. 가없는 황야에 이르기까지, 사방은 거친 벌판이었다. 머리 위는 드높은 하늘뿐. 벌레 하나 새 한 마리 날지 않았다. 그녀는 벌거벗은 채 석상처럼 황야의 한가운데 서 있었다. 찰나 간에 지나간 모든 것을 보았다. 굶주림, 고통, 경이로움, 수치심, 환희, 그리고 떨었다. 괴롭힘, 억울함, 말려듦, 그리고 경련했다. 죽여라. 이에 평온해졌다. 다시 찰나 간에 모든 것을 병합했다. 그리움과 단호한 결별, 애무와 복수, 양육과 섬멸, 축복과 저주⋯⋯. 이에 그녀는 두 손을 하늘로 한껏 치켜든 채 입술 사이로 인간과 짐승의 소리를 흘려냈다. 그것은 인간 세상에 없는, 표현할 단어가 없는 언어였다.

「퇴락한 선의 떨림」, 『들풀』(1925년 6월 29일)

무릇 스스로 길을 알고 있다고 여기는 이들은
대개 '이립'의 나이를 넘겨, 이도 저도 아닌 회
색분자로서, 늙은이 태가 역력해 그저 둥글둥
글 살아갈 뿐이다. 그런데 이들은 자기 자신이
길을 알고 있다고 잘못 여기고 있다. 만약 진정
으로 길을 안다면, 진즉이 스스로 자신의 목표
를 향해 나아갔을 터인데, 어째서 여전히 스승
노릇이나 하고 있겠는가?

「스승」, 『화개집』(1925년)

**7월**
July

07
01

달은 한쪽 면만 태양을 마주하기 때문에, 다른 한 면은 우리가 영원히 볼 수 없다.

「여백 메우기」, 『화개집』(1925년 7월 1일)

현재 공부하는 것부터 '이성 친구와 사랑을 속삭이는 것'까지 모두 일부 뜻있는 이들에게 매도당하고 있다. 하지만 나는 남을 너무 심하게 꾸짖는 것 역시 '5분간의 열정'이라는 병폐의 근원이라고 생각한다. 예를 들어 영국이나 일본 제품의 불매 운동을 실행하려고 할 경우, 마시지도 먹지도 않은 채 이레 동안 실행하거나, 혹은 통곡하고 눈물을 줄줄 흘리면서 한 달간 실행하느니, 차라리 공부도 하면서 5년 간 실행도 하거나, 혹은 연극도 구경하면서 10년 간 실행하거나, 혹은 이성 친구도 사귀면서 50년간 실행하거나, 혹은 사랑도 속삭이면서 100년 간 실행하는 편이 더 낫다.

「여백 메우기」, 『화개집』(1925년 7월 8일)

어쨌든 내 인생은 실패했고, 어쨌든 유혹을 이겨내지 못하였느니, 다만 뭐가 됐든 너희가 나의 발자취에서 불순한 무언가를 찾아내지 못하게 하는 것만큼은 해야겠고, 반드시 그렇게 하겠다. 너희는 내가 죽어 넘어진 바로 그곳에서 새로운 발걸음을 내디뎌야 한다. 어디로 가고, 어떻게 가는지도 너희가 나의 발자취에서 탐색할 수 있을 것이다.

「아이들에게」, 『열풍』(1919년)

어떤 청년들 역시 깨달은 듯하다. 나는 『경보부
간京報副刊』에서 청년 필독서에 대한 독자들의 의
견을 구했을 때 누군가 불만을 터뜨리며 이렇
게 말한 게 기억난다.

"믿을 건 자기밖에 없다!"

나는 이제 약간 살풍경하긴 하지만 과감하게
한 마디를 바꾸어 이렇게 말하고 싶다.

"자기 자신도 믿을 수 없다!"

「스승」, 『화개집』(1925년)

역사가 오랜 나라의 문화사를 읽으며 시대를 따라 내려가다가 책 뒷부분에 이르면 누구나 처량한 느낌이 들 것이다. 그것은 마치 따뜻한 봄날이 지나 소슬한 가을로 접어들어 생기를 잃고 마른 나뭇가지만 눈 앞에 펼쳐지는 것과 같다. 내가 이름을 붙이기는 좀 그렇지만 그저 쓸쓸함이라 부르기로 하자. 대개 인문 가운데 후세에 남겨진 것 가운데 가장 힘 있는 것으로는 마음의 소리*만한 것이 없다.

「마라시력설」, 『무덤』(1908년)

---

\* 여기서 마음의 소리는 언어를 가리키는데, 양슝揚雄의 『법언法言』「문신問神」편에서는 "말은 마음의 소리요, 글은 마음의 그림이다言心聲也, 書心畵也"라 하였으니, 여기에서는 시가와 기타 문학 창작을 가리킨다.

우리는 대체로 기억력이 그리 좋지 않다. 그건 당연하다. 사람이 살아가면서 고통스러운 게 너무 많다. 기억력이 좋다면 아마도 무거운 고통에 짓눌려 죽고 말 것이다. 기억력이 나빠야만 환경에 적응해 생존할 수 있고, 아무렇지도 않게 살아갈 수 있다. 하지만 우리는 결국 약간의 기억력이 있는지라, 돌아보매 무슨 "오늘은 옳고 어제는 그르다"느니, "겉과 속이 다르다"느니, "오늘의 나와 어제의 내가 싸움을 벌인다"*느니 떠들어대고 있다.

「스승」, 『화개집』(1925년)

* "오늘의 나와 어제의 내가 싸움을 벌인다"라는 말은 량치차오梁啓超가 『청대학술개론』(1921년 출판)이라는 책에서 "(나는) 아낌없이 오늘의 나로써 어제의 나를 비난한다不惜以今日之我, 難昔日之我"라고 한 것에서 취한 것이다.

기억하건대, 한비자는 경마의 요체를 가르친 적이 있는데, 그 하나는 "꼴찌를 부끄러워하지 않는다"라는 것이었다. 설령 느리더라도 쉬지 않고 달린다면, 뒤처지고 실패할지라도 틀림없이 자신이 지향하는 목표에 이를 수 있을 것이다.

「여백 메우기」, 『화개집』(1925년 7월 8일)

"어떤 집에서 아들을 낳아 모두 기뻐했단다. 만월(태어난 지 한 달이 되는 날)이 되자, 아이를 안고 손님들에게 보여주었지. 물론 덕담을 듣고 싶어서였지. 한 사람이 말했다. '이 아이는 부자가 되겠는 걸요.' 그는 한바탕 고맙다는 말을 들었다. 한 사람이 말했다. '이 아이는 나중에 큰 벼슬을 하겠습니다.' 그는 몇 번이고 칭찬을 들었다. 한 사람이 말했다. '이 아이는 나중에 죽을 겁니다.' 여러 사람이 힘을 합해 그를 흠씬 패주었다. 사람이 죽는다는 건 필연이지만 부귀해진다는 건 거짓말일 수도 있다. 하지만 거짓말을 한 사람은 좋은 보답을 받고, 필연을 말한 사람은 얻어맞은 게지. 너는……"

"저는 거짓말 하기도 싫고, 얻어맞고 싶지도 않아요. 그렇다면 어떻게 말해야 하나요?"

"그렇다면, 너는 이렇게 말해야 한다. '우와! 이 아이는! 얘 좀 보세요! 얼마나 …… 어이구! 하하! 허허? 헛허허허!'"

「입론」, 『들풀』(1925년 7월 8일)

07
09

모든 전통 사상과 전통 수법을 타파하는 맹장이 없는 한 중국에서는 진정한 신문예가 나오지 않을 것이다.

「눈을 부릅뜨고 보는 것을 논함」, 『무덤』

(1925년 7월 22일)

아이들아! 불행했지만 동시에 행복했던 너희 부모의 축복을 가슴에 간직하고 인생 행로에 오르거라. 앞길은 아주 멀고 또 어둡다. 그러나 두려워말지니, 두려움 없는 이의 앞에 길이 있게 마련이다.

가거라! 용맹하게! 아이들아!

「아이들에게」, 『열풍』(1919년)

우리는 배고파 죽을 지경에 놓였을 때 아무도
없는 데서 다른 사람의 밥을 발견한 적도 없고,
곤궁해 죽을 지경에 놓였을 때 아무도 없는 데
서 다른 사람의 돈을 발견한 적도 없으며, 한창
성욕이 왕성할 때 이성을, 게다가 아주 아름다
운 이성을 우연히 만난 일도 없다. 내가 생각하
기에 너무 일찍 큰소리쳐서는 안 된다. 그렇지
않으면 기억력이 있는 경우 장래에 그 생각에
얼굴이 붉어질 것이다.

「스승」, 『화개집』(1925년)

문제가 없으면 결함이 없고, 불평이 없고, 해결
도 없고, 개혁도 없고, 반항도 없다.

「눈을 부릅뜨고 보는 것을 논함」, 『무덤』

(1925년 7월 22일)

옛날 사람들의 정신과 마음은 자연의 오묘함에 닿아 있고 세상 만물과 암묵적으로 연계되어 있어, 그것을 깨닫고 그 말할 수 있는 바를 말하게 되면 시가가 된다. 그 소리가 오랜 시간이 지나 사람의 마음에 들어오게 되면, 입을 봉하고 같이 끊어지는 게 아니라 더욱 무성해져 그 종족과 민족에게 나타난다. 점차 문사가 쇠미해지면 종족과 민족의 운명도 다하고, 뭇 생명의 울림이 끊기면 그 영화도 빛을 거둔다. 역사를 읽는 사람의 쓸쓸한 느낌은 곧 분노로 일어나고, 이 문명사의 기록도 점차 마지막 페이지를 향해 간다. 무릇 역사의 초기를 영예롭게 장식하고, 문화의 서광을 열었지만 오늘날 그림자만 남게 된 나라들치고 이와 같지 않은 경우가 없다.

「마라시력설」, 『무덤』(1908년)

오늘날 세상을 보고 놀라지 않을 사람이 몇이나 될까? 자연의 힘은 이미 인간에 의해 명을 따르고 조종당하고 있으니, 인간은 마치 말을 부리듯 기계로써 제어하여 그것을 사용하고 있다. 교통수단이 바뀌어 이전 시대보다 편리하게 되었으니, 높은 산과 큰 강이라도 장애가 되지 않는다. 기아와 질병의 폐해는 감소하고 교육의 효과는 온전해지고 있으니, 백 년 전의 사회와 비교하건대 개혁이 지금보다 치열했던 적은 없었다.

「과학사교편」(1907년)

새로운 학설에 따르면 남녀가 평등하므로 의무도 대강 비슷할 것이다. 설령 책임을 진다 하더라도 분담하지 않으면 안 된다. 그 나머지 반인 남자도 각자 의무를 다 해야 하는 것이다. 폭행을 없애야 할 뿐만 아니라 자신의 미덕을 발휘해야 한다. 그저 여자를 칭찬하고 징벌하는 것만으로 할 일을 다했다고 말할 수는 없다.

「나의 절열관」, 『무덤』(1918년 7월)

가장 밑바닥에 있으면서 다수를 차지하는 이들은 적절히 구국이라는 허명을 빌려 자신의 사욕을 채우면서 여러 사실은 돌아보지 않고 자신들의 권리와 논의를 모두 이익을 추구하는 무리나 우둔한 부자들에게 맡겨버린다. 그렇지 않으면 이권을 독점한 모리배는 빌붙는 것을 잘하기에 당장에 한통속이 되어버린다. 하물며 사리 추구의 오명을 세상의 복리를 위한다는 미명으로 은폐하고 샛길이 눈에 보이면 걸려 넘어지더라도 그 길을 추구한다.

「문화편향론」, 『무덤』(1907년)

첫째는 불이 사람을 태워 죽일 수 있는 것처럼 물도 사람을 빠져 죽일 수 있다는 것을 아는 것이다. 하지만 물의 모습이 부드럽고 온화해서 쉽게 다가갈 수 있는 것쯤으로 생각하고 있다. 그래서 물에 쉽게 당하곤 한다. 둘째는 물이 사람을 죽일 수도 있지만 반대로 사람을 뜨게도 할 수 있음을 아는 것이다. 그래서 물을 운용하고 그것을 이용해 사람을 뜨게 하는 성격을 활용할 방도를 찾아야 한다. 셋째는 물 활용법을 배우고 숙지하여 '물의 성질을 안다'라는 것을 철저하게 해둘 필요가 있다.

「물의 성질」, 『꽃테문학』(1934년 7월 17일)

농담으로 적을 상대하는 것 역시 좋은 전법이다. 하지만 접촉할 때 반드시 상대에게 치명상을 입혀야 한다. 그렇지 않으면 농담은 단지 농담에 지나지 않을 뿐이다.

「농담은 그저 농담일 뿐(상)」, 『꽃테문학』

(1934년 7월 18일)

우리는 지나간 사람들을 추도한 뒤에 자기나 다른 사람이나 모두 순결하고 총명하고 용감하게 앞으로 나아갈 것을 빌어야 한다. 허위의 가면을 벗어버리고 자기와 남을 해치는 세상의 몽매와 폭력을 없앨 것을 빌어야 한다. 우리는 지나간 사람들을 추도한 뒤에 인생에 조금도 의의가 없는 고통을 제거할 것을 빌어야 한다. 다른 사람의 고통을 만들어내고 감상하는 몽매와 폭력을 제거할 것을 빌어야 한다. 우리는 또 인간은 모두 정당한 행복을 누리게 해야 한다고 빌어야 한다.

「나의 절열관」, 『무덤』(1918년 7월)

예언은 언제나 시이고, 시인은 대부분 예언가
이다. 그런데 예언은 시에 불과할 따름이지만,
시는 종종 예언보다 영험하다.

「시와 예언」, 『풍월이야기』(1933년 7월 20일)

아울러 그들은 대중의 성정을 들뜨게 해 소요를 잘 일으키기에 자기와 의견을 달리하는 이가 나타나면, 반드시 많은 무리의 숫자로 소수를 억압하며 대중 정치라 참칭하는 바, 그 압제는 오히려 폭군보다도 심하다. …… 오호라! 옛날에는 백성에 군림하는 자가 폭군 한 사람이었지만, 오늘날에는 급변하여 수천수만의 무뢰한 때문에 백성들이 목숨을 부지할 수 없게 되었으니, 나라를 일으키는 데 무슨 기여가 되겠는가?

「문화편향론」, 『무덤』(1907년)

비극은 사람들에게 인생의 가치 있는 것이 훼멸되는 것을 보여주고, 희극은 무가치한 것들이 파열되는 것을 보여준다.

「다시 뇌봉탑이 무너진 데 대하여」, 『무덤』

(1925년 7월 22일)

07
23

도덕이란 반드시 보편적이어서 사람마다 따라
야 하고, 사람마다 할 수 있고, 또 자타 모두에
게 이로워야 비로소 존재할 가치가 있다.

「나의 절열관」, 『무덤』(1918년 7월)

대개 과학이란 그 지식으로 자연 현상의 심오하고 미세한 것을 두루 탐구하는 것이다. 오랜 시간이 지나면서 개혁이 마침내 사회에 미치고, 계속 되풀이되어 그 흐름이 멀리 극동에까지 이르고 중국에까지 파급되었다.

「과학사교편」(1907년)

07
25

인간의 말이란 내면에 진실함이 가득 쌓여 스스로 그만둘 수 없어서 나오는 것이기 때문이고, 마음속에서 찬란한 빛이 저절로 피어오르는 것과 같기 때문이며, 머릿속에서 파도가 저절로 용솟음쳐 오르는 것과 같기 때문이다. 따라서 그런 소리가 밖으로 터져 나오면 천하가 환하게 소생하게 되니, 그 힘은 더러 천하 만물보다 위대하여 인간 세상을 진동시키면서 그들을 두려움에 떨게 만든다. 두려움에 떠는 것은 향상의 시작이다.

「파악성론」, 『집외집습유보편』(1908년)

내가 생각하기에 문예 작품의 발생 순서는 아마도 시가가 앞서고 소설이 뒤에 오는 듯하다. 시가는 노동과 종교에서 시작되었다. 첫째 노동할 때는 한편으로는 일을 하면서 한편으로는 노래를 부르며 노동의 고통을 잊을 수 있었기 때문인데, 단순히 소리치는 것으로부터 발전하여 자신의 마음과 감정을 드러내는 동안에 자연스러운 운율과 박자가 생기게 된 것이다.

둘째 원시 민족들은 신명神明에 대하여 점차 두려워하는 생각에 우러르는 마음이 생기게 되었는데, 이에 그 위엄과 영험함을 노래로 칭송하고, 그 공을 찬탄했던 것이 또 시가의 기원이 되었다.

소설로 말하자면 나는 거꾸로 휴식에서 시작되었다고 생각한다. 사람들이 노동할 때 노래를 읊조려 스스로 즐김으로써 노동의 고통을 망각했다면 휴식을 할 때도 역시 한가한 시간을 보낼 일을 찾아야만 했다. 이러한 일은 곧 서로 이야기를 나누는 것이었는데, 이렇게 이야기를

나누는 것이 곧 소설의 기원인 것이다. 시가가
운문인 까닭은 노동할 때 생겨났기 때문이고,
소설이 산문인 것은 휴식할 때 생겨났기 때문
이다.

「제1강 신화神話에서 신선전神仙傳까지」,
『중국 소설의 역사적 변천』(1924년 7월)

문예는 국민정신이 발하는 불빛인 동시에 국민
정신의 앞길을 인도하는 등불이다.

「눈을 부릅뜨고 보는 것을 논함」,『무덤』
(1925년 7월 22일)

요컨대 말만 해서는 안 되고, 중요한 것은 실천이다. 그것도 많은 사람의 실천이다. 대중과 선구자, 각양각색 사람들의 실천이다. 이것은 이미 긴박하게 필요한 일이 되어버렸다. 목하 물을 거슬러 가는 배가 아직도 있다면, 밧줄을 끌어당기는 방법밖에 없다. 물의 흐름을 타고 가는 게 제일 좋지만 그렇다고 키를 잡는 일을 소홀히 해서는 안 된다. 밧줄을 당기거나 키를 잡는 방법을 입으로 이야기할 수도 있지만, 주요하게는 실험에 도움이 되어야 한다. 어떻게 바람을 살피고 물을 보든 간에 목적은 단 하나, 전진하는 것이다.

「문밖의 글 이야기」, 『차개정잡문』(1934년)

샤먼에 죽치고 있을 무렵, 다른 사람들이 나를 몹시 꺼려하여 마침내 "귀신을 공경하되 그를 멀리하는" 식의 대우를 받고 도서관 2층의 한 방에 모셔졌다. 낮에는 그래도 도서관 직원이나 파손된 책을 수리하는 직원, 열람하는 학생들이 있었지만, 밤 아홉 시가 지나면 모두 뿔뿔이 돌아가버려 거대한 양옥 속에 나밖에는 아무도 없었다. 나는 정적 속으로 가라앉아갔다. 정적은 술처럼 진해지고 가벼운 취기를 느끼게 했다. …… 나는 돌난간에 기대어 먼 데로 눈을 돌리고 나 자신의 심장 소리에 귀 기울인다.

「어떻게 쓸 것인가」, 『삼한집』(1927년)

07
30

오늘 밤 달빛이 참 좋다.

내가 달을 보지 못한지 벌써 30여 년이나 되었
다. 오늘 보니 정신이 각별히 상쾌하다. 그러고
보니 지나온 30년의 세월을 완전히 혼미한 가
운데 살아왔음을 이제야 알게 되었다. 하지만
모름지기 충분히 조심해야 한다. 그렇지 않다
면 저 자오<sup>趙</sup> 씨 집의 개가 어째서 나를 흘깃거
리는 걸까? 내가 두려워하는 것도 당연하다.

「광인일기」, 『외침』(1918년)

다른 나라의 강대함에 놀라 겁에 질려 스스로
위태롭다 여기고는, 사업을 일으키고 군대를
진작해야 한다는 주장을 매일 입에 올리는 것
은 겉보기에 한순간 각성한 것 같지만, 그 실질
을 따지고 보면 눈앞의 사물에 현혹되었을 뿐
그 참뜻은 아직 얻지 못한 것이다.

「과학사교편」(1907년)

8월
August

예전에는 적에게 내몰리면 대중에게 호소하여 도움을 구했고, 폭군에게 괴롭힘을 당하면 대중에게 호소하여 폭군을 몰아냈다. 그런데 지금은 대중에게 지배를 당하고 있으니 누구에게서 동정을 구할 것인가? 민중 가운데 독재자가 나온 것은 오늘날에 시작되었다. 예전에는 한 사람이 다수를 지배하였고, 그래서 다수가 간혹 반기를 들기도 하였다. 하지만 오늘날은 다수가 한 사람을 학대하고, 거기에 대한 저항을 허락하지 않는다. 다수가 자유를 떠들지만 자유는 더할 수 없이 쇠약해지고 공허해졌다. 사람들이 자아를 상실하고 있으니 누가 그것을 불러일으킬 것인가.

「파악성론」, 『집외집습유보편』(1908년)

암흑 속에서 반혁명 분자들의 공작이 여전히
은밀하게 진행되고 있다. 후방에 남겨진 것은
신음이지만, 일부 사람들은 기뻐하기도 한다.
후방의 신음과 기쁨은 완전히 상반된 것이지
만, 실질적으로 아무 도움도 되지 않는다는 점
에서는 다를 바 없다. 최후의 승리는 기뻐하는
사람이 얼마나 많은가에 달린 것이 아니라, 영
원히 진격하는 사람이 얼마나 되는가에 달려
있다.

「상하이와 난징 탈환을 축하하는 자리에서」,
『집외집습유보편』(1927년)

니체는 야만인을 싫어하지 않았다. 그들에게는 새로운 힘이 있다고 했다. 이는 움직일 수 없는 사실이다. 무릇 문명의 조짐은 진실로 야만 속에서 싹튼다. 야만인은 개화하지 못한 상태지만 그 속에 찬란한 빛이 숨겨져 있다. 문명이 꽃이라면 야만은 꽃받침이고, 문명이 열매라면 야만은 꽃이다. 발전이 여기에 있고 희망 역시 여기에 있다.

「마라시력설」, 『무덤』(1908년)

오랫동안 억압받은 사람들은 억압을 받을 때는 그저 고통을 참을 줄만 안다. 그러다가 다행히 해방되면 향락밖에 모르고 비장했던 순간들은 기억 속에서 금세 지워버린다.

「황화절잡감」, 『이이집』(1927년)

근본이 중요하다. 대개 말단은 한순간 빛을 발할 수 있지만 견실하게 자리 잡지 않으면 금세 시들어버리게 마련이다. 처음부터 능력을 비축해야 오래갈 수 있다. 다만 여전히 소홀할 수 없는 것이 있으니, 사회가 한쪽으로 편향되는 것을 막아야 한다. 날로 한 극단으로만 내달리면 정신은 점차 소실되고 파멸이 뒤따를 것이다. 온 세상이 지식만을 숭상한다면 인생은 반드시 말라비틀어진 나무처럼 고적하게 될 것이다. 그런 상태로 오래가게 되면 아름다움에 대한 감정은 옅어질 것이고, 명민한 사상은 사라질 것이며, 이른바 과학이라는 것 역시 없어지고 말 것이다.

「과학사교편」(1907년)

문학에 보편성이 있다 해도 독자의 체험이 다르기 때문에 변화가 있게 마련이다. 독자가 유사한 체험을 갖고 있지 않다면, 문학의 보편성은 그 효력을 잃어버린다. …… 문학에 보편성이 있다 해도 한계가 있다. 상대적으로 영원한 것도 있을 것이나, 독자의 사회적 체험에 따라 변화가 있게 마련이다. …… 모든 것은 변화하고 영구적인 것은 없다. 문학에만 선골仙骨이 있다고 하는 것은 꿈꾸는 사람들의 잠꼬대이다.

「독서 잡기」, 『꽃테문학』(1934년 8월 6일)

이곳은 생명이 매우 위험합니다. 사인私人의 개가 되지 않으면 자신의 취미를 가진 사람도, 비교적 일반 문화에 관심을 가지는 것도, 좌도 우도 반동이라 하여 괴롭힙니다. 일주일 전에 같은 취미를 가진 베이핑의 친구 두 명*이 체포되었어요.

「마스다 와타루에게 보낸 편지」, 『서신집』

(1934년 8월 7일)

* 타이징눙台靜農과 리지예李霽野를 가리킨다

08
08

강변 마을의 여름밤에 커다란 파초선을 흔들면서 큰 나무 아래에서 더위를 피하는 것은 지극히 쾌적한 일이다.

「혼잣말」, 『집외집습유보편』(1919년 8월 8일)

나중에 태어난 사람들이 먼저 태어난 사람보다 낫다는 것은 지극히 평범한 세상 이치다. 타락한 민족의 경우만 제외하고는.

「흥미로운 소식」, 『화개집 속편』(1926년)

혁명에 끝이란 없다. 세상에 '지고지선至高至善'의 경계라는 게 정말로 있다면 인간 세계는 즉시 응고되어버릴 것이다. 그러나 중국에는 수많은 전사의 정신과 피로 배양한 예전에 없던 행복의 열매가 확실히 조금 열렸고, 그것이 점점 생장할 희망마저 보인다. 만약 그렇지 않다면 행복의 열매를 계속 배양하는 사람은 적고 꽃을 꺾는 사람, 열매를 따 먹는 사람은 너무 많기 때문이다.

「황화절잡감」, 『이이집』(1927년)

고금을 막론하고 일정한 이론이 없거나 주장의 변화에 전혀 맥락을 찾을 수 없이 수시로 각 유파의 이론을 가져다가 무기로 삼는 사람들은 모두 '리우망流氓, 건달'이라고 칭할 수 있다. 예를 들어서 상하이의 리우망은 한 쌍의 시골에서 온 남녀가 길을 가는 모습을 보면, "어이, 당신들 모습이 풍속의 교화를 해치니, 법을 어긴 거라고!" 하고 말하는데, 그가 사용한 것은 중국의 법이다. 어느 시골에서 온 사람이 길가에서 소변을 보는 모습을 보면 그는, "어이, 그건 금지된 거야. 당신은 법을 어겼으니 체포해서 경찰서로 가야 해!"라고 말하는데, 이때 사용한 것은 또 외국의 법이다. 그러나 결과적으로 이른바 합법이니 불법이니 하는 것은 없고, 그저 돈만 몇 푼 뜯기고 나면 그만이다.

「상하이 문예의 일별」, 『이심집』(1931년 8월 12일)

특히 청팡우成仿吾 선생은 혁명을 일반 사람들이 대단히 무시무시한 일로 이해하도록 만들었습니다. 극좌의 흉악한 몰골을 지어, 마치 혁명이 닥치면 모든 비非혁명자는 죄다 죽임을 당하는 양, 사람들에게 혁명에 대한 공포심을 안겨 주었습니다. 사실 혁명은 사람을 죽이는 것이 아니라 사람을 살리는 것입니다.

「상하이 문예의 일별」, 『이심집』(1931년 8월 12일)

나는 짧은 적막 속에서 느리게 걷는다. 가을은 벌써 왔지만 나는 여전히 느리게 걷고 있다. 개가 짖어대는 소리는 아직도 있지만 잘도 피해 다닌다. 소리도 예전 같지 않고, 거리도 멀찌감치 떨어져 있어 코빼기조차 보이지 않는다. 나는 더 이상 차가운 미소를 짓지도 않고, 더 이상 못된 미소도 짓지 않는다. 나는 느리게 걸으며 편안한 마음으로 발바리의 물러 터진 소리를 듣는다.

「가을밤의 산책」, 『풍월이야기』(1933년 8월 14일)

위험? 위험은 사람을 긴장케 한다. 긴장은 자신의 생명력을 느끼게 한다. 위험 속에서 느릿느릿 걷는 것은 아주 좋다.

「가을밤의 산책」, 『풍월이야기』(1933년 8월 14일)

자존감이 지극한 사람은 항상 불평이 끊이지
않고, 세속에 분개하고 질시하여, 이것이 거대
한 진동이 되어 그 대척점에 있는 무리와 투쟁
한다. 대개 어느 한 사람이 홀로 자존감을 내세
우게 되면 물러나 양보함이 없고, 타협도 하지
않으며, 자신의 의지에 맡겨 자신이 원하는 바
에 도달할 때까지 멈추지 않는다. 그리하여 점
차 사회와 충돌을 일으키고 이로 인해 점차 세
상으로부터 배척당한다.

「마라시력설」,『무덤』(1908년)

묵자는 돌아가는 길은 천천히 걸었다. 첫째는 힘이 달렸고, 둘째는 다리가 아팠으며, 셋째는 식량이 이미 다 떨어져서 배고픔을 면하기 어려웠고, 넷째는 일이 이미 해결되었으므로 올 때처럼 서두르지 않아도 되었기 때문이었다. 그러나 올 때보다 더욱 운이 나빴다. 송나라의 국경에 들어서자마자 두 번의 검문을 당했고, 도성都城 가까이에 이르러서는 의연금을 모집하는 구국대를 만나 낡은 보따리를 빼앗겨버렸다. 남쪽 관문 밖에 이르러서는 또 큰 비를 만나 성문 아래에서 비를 피하려다가 창을 든 두 명의 순찰병에게 쫓겨나 온몸이 흠뻑 젖었다.

「전쟁을 막은 이야기」, 『새로 엮은 옛날 이야기』

(1934년 8월)

08
17

전사의 일상생활은 모두가 노래 부르고 눈물 흘릴 만한 것은 아니다. 그러면서도 노래 부르고 눈물 흘릴 만한 부분과 아주 관련이 없는 것은 아니다. 이것이야말로 실제의 전사이다.

「이것도 생활이다」, 『차개정잡문 말편』
(1936년 8월 23일)

나는 확실히 아무런 욕망도 없었다. 모든 것이 나와 상관없고 모든 거동이 부질없게 느껴졌다. 나는 죽음까지는 생각해 보지 않았지만 살아 있다는 느낌도 들지 않았다. 그것은 이른바 '무욕망 상태'로 죽음의 첫걸음이었다. 그로 인해 나를 사랑하는 이가 남몰래 눈물을 흘렸다. 하지만 나에게 전기轉機가 도래했다. 나는 뜨거운 물을 마시고 싶었고, 가끔 사방의 가까운 사물들, 이를테면 방안 벽이나 파리 따위를 둘러보기도 했다. 그러고 난 뒤 피로감을 느낄 수 있었고, 휴식이란 게 필요하다는 생각이 들었다.

「이것도 생활이다」, 『차개정잡문 말편』

(1936년 8월 23일)

흐르는 불은 녹아내린 산호인가? 중간의 녹백색은 산호의 심장 같다. 온통 붉은색은 산호의 살점 같다. 바깥의 거무스름한 색은 산호가 불에 그을린 것이다. 좋기는 하지만 안타깝게도 가져가려 하면 손을 델 것이다. 말로 표현할 수 없는 냉기를 만나자 불은 응결되어 얼어버렸다. 중간의 녹백색은 산호의 심장 같다. 온통 붉은색은 산호의 살점 같다. 바깥의 거무스름한 색 또한 산호가 불에 그을린 것이다. 좋기는 좋지만 안타깝게도 가져가려 하면 손을 데는 것처럼 손이 얼어붙을 것이다. 불, 불의 얼음, 사람들은 그걸 어찌할 도리가 없다. 그 자신도 고통스러울까?

아, 불의 얼음.

아, 아, 불의 얼음의 사람!

「혼잣말」, 『집외집습유보편』(1919년 8월 19일)

오늘날 귀하게 여기고 기대해야 할 사람은 대중의 요란한 목소리에 부화뇌동하지 않고 홀로 자신의 견해를 갖고 있는 선비이다. 이런 사람은 그윽하게 가려져 있는 것을 통찰하고 문명을 비판하면서도, 망녕되게 미혹된 무리와 그 시비를 함께 하지 않으며, 그저 자신이 믿는 바를 향해 나아간다. 온 세상이 그를 찬양하여도 그에게 아무것도 권할 수 없고, 온 세상이 그를 비난하여도 그를 가로막을 수 없다. 자신을 따르는 자가 있으면 오게 하고, 자기를 비웃고 욕하는 자들이 자신을 세상에서 고립시킨다 해도 두려워하지 않는다. 그런 인물이라면 하늘의 빛으로 어둠을 밝혀 나라 사람들의 내면의 빛을 발하게 하고, 사람마다 자기 됨을 가질 수 있게 해 세상 풍파에 휩쓸리지 않게 할 것이니, 그리하여 중국도 바로 서게 될 것이다.

「파악성론」, 『집외집습유보편』(1908년)

소품문은 이렇게 위기로 나아갔다. 하지만 여기서 내가 위기라고 말한 바는 의학에서 말하는 '고비Krisis' 같은 것으로 생사의 갈림길이다. 곧바로 죽음에 이를 수도 있고, 여기서부터 회복할 수도 있다. 마취성의 작품은 마취하는 자와 마취된 자와 더불어 사라지고 말 것이다. 살아남은 소품문은 반드시 비수여야 하고 투창이어야 하며, 독자와 함께 생존의 혈로血路를 죽일 수 있는 것이어야 한다. 물론 그것 역시 사람들에게 쾌락과 휴식을 줄 수 있다. 하지만 이것은 '앙증맞은 장식품'이 아니고 위로와 마비는 더더욱 아니다. 그것이 사람들에게 주는 쾌락과 휴식은 휴양이자 노동과 싸움에 임하기 전의 준비인 것이다.

「소품문의 위기」, 『남강북조집』(1933년 8월 27일)

이튿날 아침 햇빛 속에서 둘러보니, 과연 익숙한 방안 벽과 익숙한 책 무더기. 이것들이 평상시 내가 가끔 둘러보던 것들이었다. 그게 사실은 일종의 휴식이었던 것이다. 하지만 우리는 이제껏 이런 것들을 경시했다. …… 우리는 특별하게 여겨지는 에센스에만 주목하고, 말단지엽적인 것에는 조금도 개의치 않는다. 그래서 사람을 보거나 사물을 보되, 장님이 코끼리를 만지듯, 코끼리 다리를 만지고는 코끼리는 기둥같이 생겼다고 여겨버린다. 중국의 옛사람들은 그 '온전함'을 얻고자 했다. 부녀자용 '오계백봉환烏鷄白鳳丸'을 만들 때도 닭 한 마리를, 심지어 깃털과 피까지 모두 환약 속에 넣었다. 방법은 진정 가소롭지만, 그 생각은 오히려 괜찮다.

「이것도 생활이다」, 『차개정잡문 말편』

(1936년 8월 23일)

08
23

말단지엽적인 것을 없애버린 사람은 결국 꽃과
열매를 얻을 수 없다.

「이것도 생활이다」,『차개정잡문 말편』

(1936년 8월 23일)

나는 예전에 종종 이른바 피로라는 걸 모른다고 자부했던 적이 있었다. 책상 앞에 동그란 의자가 하나 놓여 있어, 거기에 앉아 글을 쓰거나 책을 열심히 보는 게 일이었다. 그 옆에는 등나무 안락의자가 하나 있어 거기에 몸을 누이고 한담을 나누거나 내키는 대로 신문을 보는 게 휴식이었다. 양자 간에 그렇게 큰 차이가 있다고 생각하지 않았고, 자주 그렇게 자부했다. 이제야 그게 잘못된 거라는 사실을 알게 되었다. 그렇게 큰 차이가 있다고 생각하지 않았던 까닭은 아직 피로해본 적이 없었기 때문, 곧 그렇게 전력을 다해 일을 하지 않았기 때문이었다.

「이것도 생활이다」, 『차개정잡문 말편』

(1936년 8월 23일)

유럽이든 미국이든 물질과 다수로써 세계에서 찬연히 빛나고 있는 것은 그 근저에 인간이 있기 때문이다. 물질이나 다수는 말단적인 현상일 뿐 근원은 심오해 통찰하기 어려우나, 화려한 꽃은 밝게 빛나기에 쉽게 사람의 이목을 끄는 법이다. 이 때문에 천지간에 살아가면서 열강과 각축을 벌이려면 가장 중요한 것은 '사람을 세우는 일ㅍㅅ'이다. 사람이 세워진 뒤에는 모든 일을 할 수 있다. 그리고 그 방법은 곧 반드시 개성을 존중하고 정신을 떨쳐 일으키는 것이다. 만약 그렇게 하지 않는다면 나라가 망하는 데 한 세대도 걸리지 않을 것이다.

「문화편향론」, 『무덤』(1907년)

사실 문필로 생활을 해나가는 것은 세상에서
가장 괴로운 직업입니다.

「궁주신에게 보내는 편지」, 『서신집』

(1921년 8월 26일)

하지만 이때 필요한 것은 몸부림과 싸움뿐이다. 소품문의 생존 역시 몸부림과 싸움에 의존해야 한다.

「소품문의 위기」, 『남강북조집』(1933년 8월 27일)

가로등 불빛이 창을 통해 들어와 방안이 어슴푸레 드러났다. 나는 대충 한번 둘러보았다. 익숙한 방안 벽과 벽 끝의 능선, 익숙한 책 무더기와 그 언저리의 아직 장정을 하지 않은 화집, 밖에서 진행되고 있는 밤, 아득히 먼 곳, 무수한 사람, 이 모두가 나와 관련이 있었다. 나는 존재하고, 살아 있으며, 살아갈 것이다. 나는 나 자신이 더 절실하게 느껴지기 시작했다. 나는 움직이고 싶다는 욕망이 생겼다. 하지만 이내 다시 깊은 잠이 들었다.

「이것도 생활이다」,『차개정잡문 말편』
(1936년 8월 23일)

이른바 세계란 직선으로 나아가는 것이 아니라 항상 나선형으로 굴곡을 이루고, 크고 작은 파동이 천태만상으로 오르내리며, 오랫동안 진퇴를 거듭해 하류에 도달한다. 이것이야말로 진실이다. 이것은 지식과 도덕만 그런 것이 아니라 과학과 미술, 예술 사이의 관계에서도 그러하다.

「과학사교편」(1907년)

이미 다른 사람을 한 푼의 값어치도 없다고 평
가해 놓고, 마지막에는 자기는 절대 비평가가
아니니 모든 말은 전부 헛소리나 마찬가지라고
아주 겸허하게 선언한다.

「'문인상경'에 대한 다섯 번째 논의-명술」,
『차개정잡문 2집』(1935년 8월 14일)

한 송이 꽃을 키워낼 수 있다면 썩어가는 풀이
되어도 좋다.

「『근대 세계 단편소설집』의 짧은 머리말」, 『삼한집』
(1929년)

# 9월
## September

09
01
부유한 현자는 모두 어제 죽은 것과 같다.

가난한 바보는 모두 실제로 어제 죽었다.

「소잡감」, 『이이집』(1925년 9월 24일)

작년부터 병을 앓고 난 뒤 요양할 때마다 등나무 안락의자에 누워 있었다. 어쩔 도리 없이 그때마다 체력을 회복한 뒤 손을 대야 할 일들, 어떤 글을 써야 하고 어떤 책을 번역해서 펴내야 하는지 등에 생각이 미쳤다. 하지만 생각만 하고 그만이었다. 그렇지만 빨리 해야 했다. "빨리 해야지"라는 생각은 예전에는 하지 않았다. 결국 나도 모르는 사이에 내 나이가 기억났던 것이다. 오히려 예전에는 직접적으로 '죽음'을 생각해 보지 않았으니.

「죽음」, 『차개정잡문 말편』(1936년 9월 5일)

09
03

유명 인사로 알려진 학자와 이야기를 나눌 때는 그들이 말한 내용에 대해 짐짓 못 알아듣는 게 있는 척해야 한다. 너무 못 알아들으면 무시당하고, 너무 알아들으면 미움을 산다. 가끔 못 알아듣는 게 있어야 피차 가장 합당하다 여긴다.

「소잡감」, 『이이집』(1925년 9월 24일)

나는 아마도 이후로 더 이상 할 말도 없을 것이라고 생각합니다. 공포가 지나간 다음에 무엇이 닥쳐올지 나로서는 알 수 없지만 아마도 좋은 것은 아닐 것으로 보입니다. 그러나 나도 나 자신을 스스로 도와주고 있으며, 여전히 옛 방법 그대로입니다. 하나는 마비요 하나는 망각입니다. 한편으로는 몸부림치면서 이후로 점점 엷어질 '빛바랜 핏자국'* 속에서 무언가 좀 찾아내어 종잇조각에 쓰고자 합니다.

「여우헝 선생에게 드리는 글」, 『이이집』

(1927년 9월 4일)

---

\* 바로 전해에 일어난 '3.18 참사' 당시 루쉰이 쓴 산문시 「빛바랜 핏자국 속에서—몇몇 죽은 자와 살아있는 자를 기념하며」(03/25)를 가리킨다.

올해 큰 병을 겪고 나서야 분명하게 죽음을 예감했다. 원래는 매번 병이 났을 때와 마찬가지로 일본인 S의사*에게 진료와 치료를 일임했었다. 그는 비록 폐병 전문가는 아니지만 나이도 많고, 경험도 많은 데다 의사로 치면 나에게는 선배가 되고, 또 잘 알고 지내면서 터놓고 말할 수 있었다. 당연하게도 의사가 병자를 대할 때는 아무리 잘 알고 지낸다 하더라도 지켜야 할 금도襟度가 있었다. 하지만 그는 이미 최소한 두세 차례 나에게 경고했다. 그러나 나는 여전히 개의치 않았고 다른 사람에게 전하지도 않았다. 아마도 날짜가 너무 오래되었고 병세도 위중했기 때문이었을 것이다.

「죽음」, 『차개정잡문 말편』(1936년 9월 5일)

* 평상시 루쉰의 주치의였던 일본인 스도 이오조須藤五百三를 가리킨다. 퇴역 군의로 당시 상하이에서 의원을 열었다.

몇몇 벗은 암암리에 자기들끼리 협의해서 미국인 의사 D*를 청해다 진찰을 받도록 했다. 그는 상하이 유일의 유럽 출신 폐병 전문가였다. 손으로 두드려보고 청진기로 진찰하더니, 내가 질병에 대한 저항력이 강한 전형적인 중국인이라 추어주었다. 하지만 곧 죽을 거라고 선고했다. 또 그는 만약 유럽 사람이었다면 5년 전에 이미 죽었을 거라 말했다. 이 판결로 인해 다정다감한 벗들이 눈물을 흘렸다. 나는 그에게 처방전을 요구하지 않았다. 내 생각에 유럽에서 배워온 그의 의학이 5년 전에 죽었을 병자에게 처방하는 법을 배우지 않았을 것이기 때문이었다. 하지만 D의사의 진단은 실제로 아주 정확했다. 나중에 엑스레이로 흉부를 찍어본 모습은 대체로 그가 진단한 것과 같았다.

「죽음」, 『차개정잡문 말편』(1936년 9월 5일)

* 미국 국적의 독일인 의사인 토마스 던Thomas Dunn을 가리킨다. 당시 상하이에서 의원을 열었는데, 아그네스 스메들리의 소개로 루쉰을 진찰했다.

나는 의사의 선고에 그다지 개의치는 않았지만
다소간 영향은 받았다. 밤낮으로 누워 있으면
서 말하고 책을 볼 기력이 없었다. 신문조차 들
수 없었는데, '마음이 오래된 우물 같은' 경지
는 연마하지 않았으니 그저 생각만 할 수밖에.
그때부터 가끔 '죽을 것'이라는 생각이 들었다.
…… 하지만 유언장도 쓰지 않았다. 그저 묵묵
히 누워 있었을 따름이다. 어떤 때는 더 절박한
생각이 들기도 했다. 원래 이렇게 가는구나. 오
히려 고통스럽지는 않았다. 하지만 임종하는
순간은 아마 이렇지 않겠지. 그러나 평생에 한
번뿐이니 어떻게 되든 감당할 수 있겠지. 나중
에 오히려 전기轉機가 찾아와 호전되었다. 현재
에 이르러 나는 생각한다. 이런 것들은 아마도
진짜 죽기 전의 상황은 아닐 것이다. 진짜 죽을
때는 이런 생각조차도 없을 것이다. 하지만 결
국 어떨지는 나도 모르겠다.

「죽음」, 『차개정잡문 말편』(1936년 9월 5일)

꿀벌의 침은 한 번 사용하면 자신의 생명을 잃는다. 냉소주의자의 침은 한 번 사용하면 그 자신의 생명을 구차하게 이어가게 한다. 그들은 이렇게 다르다.

「소잡감」, 『이이집』(1925년 9월 24일)

어려울수록 해야 한다. 이제껏 개혁은 한 번도
순풍에 돛을 달았던 적이 없었다. 냉소가들이
찬성하는 것은 개혁이 효과를 본 뒤이다.

「중국어문의 탄생」, 『차개정잡문』(1934년 9월 24일)

열이 났을 때 유럽인들이 죽음에 임박해서 치르는 일종의 의식이 생각났다. 그것은 다른 사람에게 너그러운 용서를 청하고 자신도 다른 사람에게 너그러운 용서를 하는 것이다. 나는 적이 많다고 할 수 있는데, 만약 새로운 문물을 맛본 이가 나에게 묻는다면 어떻게 대답할까? 생각해보고 내린 결정은 그들이 나에게 원한을 품게 하라. 나 역시 그들을 한 명도 용서치 않으리라.

「죽음」, 『차개정잡문 말편』(1936년 9월 5일)

나는 보시를 베풀지 않는다. 내겐 그럴 마음이 없다. 나는 다만 보시하는 자의 위에 있으면서 싫증과 의심과 증오를 줄 뿐이다. …… 나는 보시를 얻지 못하고, 보시하려는 마음도 얻지 못하고, 보시하려는 자의 위에 있는 싫증과 의심과 증오만 얻을 뿐이다. 내가 장차 무소위無所爲와 침묵으로 구걸한다면? …… 나는 최소한 허무를 얻게 될 것이다.

「구걸자」, 『들풀』(1924년 9월 24일)

"오호라! 황혼이라면 어두운 밤이 나를 침몰시
킬 것이오. 그렇지 않다면 나는 백주 대낮에 사
라질 것이오. 만약 지금이 여명이라면. 벗이여,
시간이 다가왔소. 나는 장차 어둠 속에서 이 한
몸 둘 데 없는 곳에서 방황할 것이오. 그대는 아
직도 나의 선물을 바라고 있소. 내가 그대에게
무엇을 줄 수 있겠소? 없소이다. 암흑과 허공뿐
…… 벗이여. 나는 홀로 먼 길을 떠날 것이오. 그
대도 없을 뿐 아니라 더 이상 어둠 속에 다른 그
림자도 없을 것이오. 단지 내가 어둠 속에 가라
앉으면 세계는 온전히 내 것이 될 것이오."

「그림자의 작별 인사」, 『들풀』(1924년 9월 24일)

09
13

스스로 도둑이라 칭하는 이는 조심할 필요가 없으니, 그가 오히려 좋은 사람이다. 스스로 정인군자라 칭하는 이는 반드시 조심해야 하느니 그가 오히려 도적이다.

「소잡감」, 『이이집』(1925년 9월 24일)

우리집 뒤뜰에서는 담장 밖의 두 그루 나무가 보인다. 한 그루는 대추나무이고 다른 한 그루 역시 대추나무다. 그 위로 밤 하늘이 기괴하면서도 높다. 나는 평생 이렇게 기괴하고 높은 하늘을 본 적이 없다. 인간 세상을 떠나 사람들이 더 이상 우러러보지 못하게 하려는 듯하다. 그렇지만 지금은 오히려 아주 푸르며 몇십 개 별의 눈, 차가운 눈이 깜박이고 있다. 그 입가에 미소가 내비치며 스스로 깊은 뜻이 있다고 여기는 양, 된서리를 우리집 뜰 안의 들꽃 풀 위에 흩뿌렸다. 나는 저 꽃들이 무슨 이름으로 불리는지, 사람들이 무슨 이름으로 부르는지 모른다. 내 기억으로는 아주 작은 분홍색 꽃이 피었었는데, 지금도 피어 있지만 훨씬 더 작아졌다.

「가을밤」, 『들풀』(1924년 9월 15일)

09
15
　우리 중국에는 아이의 아버지가 대다수이므로 앞으로 필요한 것은 오로지 '사람'의 아버지일 뿐이다.

「수감록 25」, 『열풍』(1918년 9월 15일)

대추나무 잎이 다 져버렸다. 두어 명의 아이가 남들이 따고 남은 대추를 따러 왔지만 지금은 하나도 남아 있지 않고 잎마저 모두 져버렸다. 대추나무는 작은 분홍색 꽃의 꿈, 가을 뒤에 봄이 올 것이라는 걸 알고 있다. 그리고 잎이 지는 꿈, 봄 다음에는 가을이라는 것도 알고 있다. 잎이 다 져서 마른 가지만 남아 있지만 열매와 잎이 가득했을 때 활처럼 휘었던 모습에서 벗어나 아주 홀가분하게 몸을 펴고 있다.

「가을밤」,『들풀』(1924년 9월 15일)

깜박이는 하늘은 더욱 더 시퍼래졌다. 불안한 모습이 인간 세상을 떠나, 대추나무를 피해 달만 남겨두려는 듯했다. 하지만 달 역시 슬그머니 동쪽으로 숨어버렸다. 아무것도 남아 있지 않은 가지는 그대로 묵묵히 기괴하고도 높은 하늘을 마치 쇠처럼 곧추 찌르고 있었다. 하늘이 각양각색으로 수많은 고혹적인 눈빛을 깜박이건 말건, 한사코 그 목숨을 끊으려는 듯.

까악 하는 소리. 밤나들이 나온 추악한 새가 날아갔다.

「가을밤」, 『들풀』(1924년 9월 15일)

유언장을 써야겠다는 생각이 들었다. 내가 만약 고관대작의 고귀한 신분으로 대단한 부자였다면 아들, 사위나 기타 등등의 사람들이 진즉 나에게 유언장을 쓰라고 다그쳤을 텐데, 지금 아무도 그런 말을 꺼내지 않고 있다. 그래도 한 장 남기도록 하자. 당시는 몇 가지 생각이 났던 듯하다. 모두 가족에게 쓴 것이었는데 그 가운데 이런 내용이 있었다.

1. 상을 치를 때, 누구의 돈이건 한 푼도 받지 말라. 다만 오랜 벗의 돈은 예외다.

2. 바로 염을 해서 매장하고 말아라.

3. 어떤 기념 행사도 하지 말라.

4. 나는 잊어버리고 자신의 생활을 해나가라. 그러지 않는다면 정말 바보 멍청이다.

5. 아이가 자라서 재능이 없으면 작은 일을 찾아 살아가도록 하라. 절대 허망한 문학가·예술가 따위는 하지 말라.

6. 다른 사람이 너에게 허락한 것을 진짜라 여기지 말라.

7. 다른 사람의 이빨과 눈을 손상해놓고서 오히
   려 보복에 반대하고 관용을 주장하는 사람과
   는 절대로 가까이하지 말라.

이것 말고도 있을 것이지만 지금은 잊어버렸
다.

「죽음」, 『차개정잡문 말편』(1936년 9월 5일)

압박받는 사람들은 설령 보복하려는 독한 마음은 없을지라도, 남의 보복을 받을까 두려워하는 생각은 결코 하지 않는다. 오직 음으로 양으로 남의 피를 빨고 살을 먹는 악인과 그 조력자들만이 '남에게 당해도 따지지 말라', '지나간 잘못은 잊자' 따위의 격언을 사람들에게 선물한다. 나는 올해 들어, 사람 낯짝을 한 이런 자들의 속셈을 더욱 잘 꿰뚫어 보게 되었다.

「여조」, 『차개정잡문 말편』(1936년 9월 19~20일)

"예에 맞지 않는 일은 보지 말 것이며, 예에 맞지 않는 말은 듣지 말 것이며, 예에 맞지 않는 말은 하지 말 것이며, 예에 맞지 않는 일은 하지 말"*고 다른 사람들이 "불의를 많이 저질러 반드시 스스로 망하기"**를 가만히 기다리는 것, 이것이 예禮이다.

「예」, 『풍월이야기』(1933년 9월 20일)

---

\* 『논어』「안연」편
\*\* 『춘추』은공隱公 원년에 나오는 말로 정鄭나라 장공莊公이 그의 아우 공숙단共叔段에게 한 말이다.

누더기를 걸친 사람이 지나가면 발바리는 짖어
댄다. 하지만 그것은 개 주인의 뜻이거나 시켜
서 그런 것이 아니다. 발바리는 늘 자기 주인보
다 훨씬 지독하다.

「소잡감」, 『이이집』(1925년 9월 24일)

나는 그 어떤 억압도 우리를 멸망에 이르게 하지 못할 것으로 믿습니다. 오늘 이렇게 많은 학우와 교직원, 내빈 여러분을 보니, 어떠한 억압도 인간을 짓누를 수 없을 것이라는 사실을 알 수 있습니다.

「여사대 개학의 성황」, 『경보京報』(1925년 9월 22일)

혁명가는 반혁명가에게 피살된다. 반혁명가는
혁명가에게 피살된다. 비혁명가는 혁명가로 간
주되어 반혁명가에게 피살되든가, 반혁명가로
간주되어 혁명가에게 피살되든가, 혹은 아무것
도 아닌 것으로 간주되어 혁명가 또는 반혁명
가에게 피살된다.

혁명, 혁명의 혁명, 혁명의 혁명의 혁명, 혁명의
혁명의 혁명의 혁명.

「소잡감」, 『이이집』(1927년 9월 24일)

사람이 정신없이 잠들어 있을 때, 그림자가 작별을 고한다.

"내가 내켜 하지 않는 게 천당에 있으니 나는 가고 싶지 않소. 내가 내켜 하지 않는 게 지옥에 있으니 나는 가고 싶지 않소. 내가 내켜 하지 않는 게 장차 다가올 황금 세계에 있으니 나는 가고 싶지 않소. 그런데 그대는 내가 내켜 하지 않는 바이오. 벗이여, 나는 그대를 따르고 싶지 않소. 나는 머물고 싶지 않소. 오호라! 나는 원치 않소. 나는 차라리 이 한 몸 둘 데 없는 곳에서 방황하려오. 나는 한낱 그림자에 불과하지만, 그대와 작별하고 어둠 속으로 침잠하려오. 어둠은 나를 삼켜버릴 것이나 밝음 역시 나를 사라지게 할 것이오. 결국 나는 밝음과 어둠 사이에서 방황하고 있소. 나는 황혼인지 여명인지 모르오. 나는 잠시 잿빛 검은 손으로 짐짓 술 한 잔 마시는 척하리다. 나는 장차 언제인지 모를 때 홀로 먼 길 떠날 것이오."

「그림자의 작별 인사」, 『들풀』(1924년 9월 24일)

존 스튜어트 밀은 전제가 사람들을 냉소를 짓
게 만든다고 말했다. 그러나 그는 공화가 사람
들을 침묵하게 만든다는 것은 몰랐다.

「소잡감」, 『이이집』(1925년 9월 24일)

사람은 적막감을 느낄 때 창작한다. 마음 속이 깨끗하면 창작이 없다. 사랑하는 것이 아무것도 없기 때문이다. 창작의 뿌리는 사랑이다.

「소잡감」, 『이이집』(1925년 9월 24일)

살아있는 사람은 당연히 살아가고 싶어 한다. 빛나는 전통의 노예도 참고 견뎌내며 살아가고자 한다. 하지만 스스로 노예라는 사실을 분명히 인지하고 참고 견뎌내며, 불평하고 몸부림치다가 벗어나려 '꾀하다' 탈출을 실행하면, 설령 잠깐만에 실패해서 여전히 족쇄와 수갑을 차더라도, 그는 그저 노예에 불과하다. 만약 노예 생활에서 '아름다움'을 찾아내어 그것을 찬탄하고 어루만지고 거기에 도취한다면, 그는 그야말로 구제 불능의 노예가 되어 자기와 다른 사람을 영원히 이 생활에 안주하게 만든다. 노예의 무리에도 이런 차이가 있기 때문에, 그래서 사회에 평안과 불안의 차이가 생겨났고, 문학에 마취적인 것과 전투적인 것의 구분이 분명히 드러났던 것이다.

「내키는 대로」, 『남강북조집』(1933년 9월 27일)

과거에 잘 살았던 사람들은 복고를 주장하고,
현재 잘 살고 있는 사람들은 현상 유지를 주장
하며, 잘 살지 못하고 있는 사람들은 혁신을 주
장한다. 대체로 이러하다. 대체로!

「소잡감」, 『이이집』(1925년 9월 24일)

꽃은 차가운 밤 기운 속에서 움츠린 채 꿈을 꾸고 있다. 꿈에 봄이 오는 것을 보고, 가을이 오는 것을 보았으며, 야윈 시인이 끄트머리 꽃받침 위에 눈물 훔치는 것을 보았다. 그러면서 가을이 와도 겨울이 와도 그 다음엔 봄이 오고, 나비가 어지러이 날고, 꿀벌이 봄 노래를 부를 것이라는 사실을 알려주었다. 이에 분홍색 꽃은 비록 안색은 벌겋게 얼어붙고 여전히 움츠러들었지만 웃음 지었다.

「가을밤」, 『들풀』(1924년 9월 15일)

문인이라면 뜨거운 증오심으로 '자기와 다른 자'들을 향해 공격을 퍼부어야 할 뿐 아니라 뜨거운 증오심으로 '죽음의 설교자'들을 향해 항전해야 한다. 현재와 같이 이 '가련한' 시대에는 죽일 수 있어야 살릴 수 있고, 증오해야 사랑할 수 있으며, 이렇듯 살릴 수 있어야 사랑할 수 있고, 비로소 문학을 할 수 있다.

「"문인은 서로 경시한다" 일곱 번째-쌍방의
상처받음」, 『차개정잡문 2집』(1935년 9월 12일)

# 10월
## October

장자는 "위에서는 새에게 먹히고 아래에서는 벌레에게 먹힌다"라고 하였다. 사후의 신체는 어떻게 처리되든 상관없는데, 어찌 됐든 결국은 모두 똑같기에 하는 말이다. 하지만 나는 그 정도로 깨달음이 있는 넓은 마음이 아니다. 만약 내 피와 살을 동물에게 먹여야 한다면, 나는 사자·호랑이·매·수리에게 먹히고 싶다. 비루먹은 개에게는 조금도 먹히고 싶지 않다. 사자·호랑이·매·수리를 살찌우면 그들은 허공이나 바위 모서리, 대 사막, 수풀에서 어마어마하게 아름다운 장관을 이룰 것이고, 포획되어 동물원에 풀어놓거나 맞아 죽어 박제가 되더라도 보는 이들의 기분을 어루만져 비루한 마음을 지워줄 것이다. 하지만 비루한 개떼를 살찌운다면, 이 놈들은 그저 무턱대고 남들 비위나 맞추고 울부짖기나 할 뿐이니 얼마나 시끄럽겠는가!

「반하소집」, 『차개정잡문 말편』(1936년 10월)

귓속에서 무언가 몸부림쳤다. 오랫동안. 오랫동안. 그러다 마침내 몸부림쳐 뛰쳐나왔는데, 마치 기다란 울부짖음 같은 소리였다. 상처를 입은 이리가 깊은 밤중에 광야에서 울부짖는 것처럼. 참담함 속에 분노와 비애가 뒤섞여 있었다. 나의 마음은 가벼워졌다. 평온한 걸음으로 젖은 돌길 위를 달빛 아래 걸어갔다.

「고독한 사람」, 『방황』(1925년 10월 17일)

10
03

개인의 사상이 발달하면 개인의 사상이 일치되지 않아 민족의 사상도 통일되지 않게 된다. 그래서 명령이 시행되지 않고 단체의 역량도 감소하여 점차 멸망으로 나아가게 된다.

「지식 계급에 관하여」, 『집외집습유보편』
(1927년 10월 25일)

밤 아홉 시가 지나서 모든 별이 흩어지고 아주
큰 서양식 건물 안에 나 외에는 아무도 없다. 나
는 차분해졌다. 차분함이 술처럼 진해지자 조
금 취한 듯하다. 뒤쪽 창밖으로 뼈처럼 서 있
는 어지러운 산속에 수많은 하얀 점을 바라본
다. 공동묘지다. 짙은 황색의 불꽃 하나는 남보
타사南普陀寺의 유리등이다. 앞쪽은 바다와 하늘
이 어슴푸레하고, 검은 솜 같은 밤의 색깔은 차
라리 명치로 뛰어들 것 같다. 돌난간에 기대어
먼 곳을 조망하며 내 심장 소리를 듣는다. 사방
에는 무량한 비애와 고뇌, 영락, 사멸이 모두 적
막 속으로 섞여 들어가 약주로 만들려고 색깔
과 맛과 향을 더하는 듯하다. 이런 때는 글을 쓰
고 싶은 적도 있으나 쓰지 못했고, 쓸 까닭이 없
었다. 이것이 바로 "나는 침묵하고 있을 때 충
일함을 느낀다.* 입을 여는 순간 공허함을 느낀
다"**라고 말했던 상황이기도 하다.

「어떻게 쓸 것인가」, 『삼한집』(1927년 10월 10일)

\*   1926년 9월 4일 루쉰은 샤먼에 도착했다. 그 뒤 6개월간 샤먼을 떠나 광저우로 갈 때까지 고독과 싸우며 시간을 보냈다.
\*\* 이것은 「제목에 부쳐」, 『들풀』에 나오는 말이다(4월 19일을 참고할 것).

나는 새로운 삶의 길을 향해 첫걸음을 내디뎌
야만 한다. 나는 마음의 상처 속 깊숙이 진실을
감추고 묵묵히 전진해야 한다. 망각과 거짓말
을 나의 길잡이로 삼고서…….

「죽음을 슬퍼하며」, 『방황』(1925년 10월 21일)

10
06

지식과 절대 권력은 충돌하게 마련이고 병립할 수 없다. 절대 권력은 사람들의 자유로운 사상을 불허한다. 그렇게 하면 능력이 분산되기 때문이다.

「지식 계급에 관하여」, 『집외집습유보편』

(1927년 10월 25일)

"아버지!!!"

"왜 그래?……떠들지……마라……"

아버지는 낮은 소리로 더듬거리며 가쁜 숨을 몰아쉬다가 조금 있다 비로소 원상을 회복하고 평온해지셨다.

"아버지!!!"

나는 아버지가 숨을 거두실 때까지 계속 이렇게 불렀다. 나는 지금도 그때의 내 목소리가 귀에 들리는 듯하다. 또 그럴 때마다 그게 내가 아버지에게 저지른 가장 큰 잘못이었다고 생각한다.

「아버지의 병환」, 『아침꽃을 저녁에 줍다』

(1926년 10월 7일)

내가 아버지 집에서 물건을 훔쳐다 팔아먹었다는 소문이 돌았다. 나는 찬물을 뒤집어쓴 기분이 들었다. 그 소문의 근원지는 뻔히 알고 있었다. 지금이라면 발표할 곳만 있으면 유언비어를 만든 이의 추악한 모습을 매도했을 터이나, 그때는 아직 어렸다. 일단 그런 소문이 돌자 나 자신이 진짜 죄라도 지은 양 사람들의 눈을 마주하기가 겁났고 어머니로부터 위로를 받을까 두려웠다.

좋아. 그렇다면 떠나자! 하지만 어디로 갈 것인가? S시 사람들이야 진즉 낯익은 얼굴들이라 그저 그럴 뿐, 그들의 오장육부까지 훤히 들여다보이는 듯했다. 어쨌든지 다른 부류의 사람들, 그들이 축생이든 마귀든 간에, S시 사람들로부터 책망을 받는 그런 사람들을 찾아가야 했다. …… 학비가 필요 없는 학교가 난징에 있었기에 자연스럽게 난징에 갔다.

「사소한 기록」, 『아침꽃을 저녁에 줍다』
(1926년 10월 8일)

니체는 피로 쓴 책을 좋아한다고 했다. 하지만 나는 피로 쓴 문장이라는 것은 아마 없지 않을 까 생각한다. 글은 어차피 먹으로 쓴다. 피로 쓴 것은 핏자국일 뿐이다. 핏자국은 물론 글보다 사람의 마음을 움직일 것이고 더 적절하고 분 명할 것이지만, 쉽게 변색되고 지워지기 쉽다. 문학의 힘이 필요한 것은 이 때문이다.

「어떻게 쓸 것인가」, 『삼한집』(1927년 10월 10일)

계급이 존재하는 사회에 살면서 초계급적인 작가가 되려 하거나, 전투의 시대에 살면서 전투를 벗어나 홀로 서려 하거나, 현재를 살면서 미래에 남길 작품을 쓰려 하는 이런 사람은 마음이 만들어 낸 환영으로 현실 세계에서는 존재하지 않는다. 이런 사람이 되겠다는 것은 흡사 제 손으로 머리카락을 뽑으며 지구를 떠나려고 하는 것과 같다. 떠날 수 없으니 초조할 테지만 이는 누군가가 고개를 내저어서 감히 뽑지 못한 것은 아니다.

「'제3종인'을 논함」, 『남강북조집』(1932년 10월 10일)

졸업을 하고 나니 오히려 망연자실했다. 그 높은 장대를 몇 번 오르내린 것으로 해군 병사가 될 수 없다는 것이야 더 말할 것도 없지만, 몇 해 동안 강의를 듣고 굴 안을 몇 번 드나들었다고 해서 금, 은, 동, 철, 주석을 캐낼 수 있겠는가? 실제로 나 자신도 막연했다. 어쨌든 그것은 '일을 제대로 하려면 먼저 그 도구를 잘 벼려야 한다는 것에 대해 논하라'와 같은 글을 짓는 것처럼 그렇게 쉬운 일이 아니었다. 스무 길 높이의 상공을 기어오르고 스무 길 깊이의 땅 밑에도 내려가 봤지만 결국은 아무 것도 할 수 있는 게 없었고, 학문은 "위로는 창공을 오르고 아래로는 황천까지 찾았지만 두 곳 모두 아득하니 찾을 수 없는"* 지경이 되어버렸다. 그리하여 남은 것은 오로지 한 길, 외국으로 가는 것뿐이었다.

「사소한 기록」, 『아침꽃을 저녁에 줍다』
(1926년 10월 8일)

---

\* 당대 바이쥐이白居易의 시편 『장한가長恨歌』의 한 구절이다. 원문은 "上穷碧落下黄泉, 两处茫茫皆不见"이다.

도쿄도 그저 그랬다. 우에노의 벚꽃이 만발할 때, 멀리서 바라보면 붉은 구름이 드리운 듯했다. 그런데 꽃 아래에도 무리지어 '청나라 유학생' 속성반이 빠짐없이 있었다. 머리 위로 틀어올린 커다란 변발이 학생 제모 꼭대기에 높이 솟아올라 후지산을 이루고 있었다. 어떤 치는 변발을 풀어 평평하게 틀어 올리기도 했는데, 모자를 벗으면 기름이 번들거리는 게 어린 아가씨의 쪽진 머리 같았다.

중국 유학생 회관의 문간방에서는 책을 몇 권 놓고 팔아서 가끔 들를 만했다. 하지만 저녁 무렵이면 그중 한 칸에서 항상 쿵쿵거리며 마룻바닥을 울리는 소리가 났는데, 방안에는 연기와 먼지가 가득했다. 소식에 정통한 이에게 물어보니 "춤을 배우고 있는 중"이라는 대답이 돌아왔다. 다른 곳으로 가보는 게 어떨까?

「후지노 선생」, 『아침꽃을 저녁에 줍다』
(1926년 10월 12일)

화개운이 씌웠으니 무엇을 바라겠소만
運交華蓋欲何求

팔자 고치지도 못했는데 벌써 머리를 찧었소
未敢翻身已碰頭

헤진 모자로 얼굴 가린 채 떠들썩한 저자
지나고 破帽遮顔過鬧市

구멍 뚫린 배에 술을 싣고서 강물을
떠다닌다오 漏船載酒泛中流

사람들 손가락질에 사나운 눈초리로
째려보지만 橫眉冷對千夫指

고개 숙여 기꺼이 아이들의 소\*가 되어 주려오
俯首甘爲孺子牛

좁은 다락에 숨어 있어도 마음은 한결같으니
躱進小樓成一統

봄 여름 가을 겨울 무슨 상관있겠소 管他冬夏與春秋

『집외집』(1932년 10월 12일)

* 1932년 10월 5일 위다푸郁達夫는 자신의 큰형인 위화郁华가 베이징에서 쟝쑤성江蘇省 고등법원 상하이형법재판소 소장으로 부임한 것을 축하하기 위해 연회를 열었다. 이 자리에는 오랜 친구인 루쉰 부부와 류야쯔柳亞子 부부도 초대했다. 연회가 끝날 즈음 위다푸는 하얀 비단을 펼쳐놓고 각자 기념의 글을 남겨달라고 부탁했다. 바로 이 자리에서 루쉰은 "사람들 손가락질에 사나운 눈초리로 째려보고, 고개 숙여 기꺼이 아이들의 소가 되련다橫眉冷对千夫指, 俯首甘爲孺子牛"라는 대련을 썼다. 옆에 있던 류야쯔가 자신에게도 묵보 한 점을 써달라고 하자 루쉰은 10월 12일 오후에 자신의 시 한 수를 써주었다.

역사가 가리키는 바로는 무릇 개혁이라는 것은 최초에는 깨어난 지식인의 임무이다. 하지만 이들 지식인들은 오히려 반드시 연구해야 사색할 수 있고, 결단하게 되며, 굳센 의지가 있게 된다. 그들은 권력을 이용하되, 사람을 속이지 말아야 하며, 이익을 따르되 그것에 영합하지 말아야 한다. 자신을 경시하여 다른 사람의 노리개로 삼아도 안 되고, 마찬가지로 다른 사람을 경시해 자신의 졸개로 삼아서도 안 된다. 지식인은 그저 대중 가운데 한 사람일 뿐이다. 내 생각에는 이렇게 해야만 대중 사업을 할 수 있게 된다.

「문밖의 글 이야기」, 『차개정잡문』(1934년)

10
15

나는 어쩌다 입에서 나오는 대로 지껄이는 청
년을 만날 때는 별로 실망하지 않습니다. 하지
만 구호와 이론을 시끄럽게 늘어놓는 작가는
오히려 멍청한 놈이라고 생각합니다.

「차오바이에게 보내는 편지」, 『서신집』
(1936년 10월 15일)

새로운 삶의 길은 아직 얼마든지 있다. 나는 들어가야만 한다. 나는 살아 있기 때문에. …… 때로는 마치 그 삶의 길이 한 마리의 회색빛 뱀처럼 스스로 꿈틀거리며 나를 향해 달려오는 것이 보이는 것 같다. 그러나 그것은 내가 기다리고, 기다리며 다가오는 것을 지켜보자 갑자기 암흑 속으로 사라지는 것이었다.

「죽음을 슬퍼하며」, 『방황』(1925년 10월 21일)

10
17
　　자네는 스스로 고독의 고치를 만들어 자기를
감싸버렸네. 자네는 세상의 빛을 조금 봐야 해.

「고독한 사람」,『방황』(1925년 10월 17일)

나는 받아 쓴 강의 노트를 가져다주었다. 후지노 선생은 받고 나서 2~3일 뒤에 내게 돌려주었다. 그리고 앞으로는 매주 가져다 보여달라고 말했다. 나는 노트를 받아가지고 돌아와 펼쳐보고는 깜짝 놀랐다. 그와 동시에 불안하면서도 감격했다. 본래의 내 강의 노트는 처음부터 끝까지 모두 빨간색 펜으로 수정이 되어 있었다. 빠진 대목은 추가되었고 문법적인 오류도 하나하나 정정이 되었다. 이런 식으로 그가 담당했던 과목들, 골학과 혈관학과 신경학이 끝날 때까지 줄곧 계속되었다. …… 2학년이 끝날 무렵 나는 후지노 선생을 찾아가 앞으로 의학을 공부하지 않고 센다이를 떠나겠다고 말했다. 그의 얼굴에는 서글픈 빛이 떠올랐고, 뭔가 말하려고 했으나 결국 말하지 않았다.

「후지노 선생」, 『아침꽃을 저녁에 줍다』
(1926년 10월 12일)

나는 후지노 선생이 고쳐준 강의 노트를 영원한 기념으로 삼으려고 세 권으로 두텁게 장정을 해 소장하고 있었다. 그런데 불행하게도 7년 전에 이사할 때 도중에 책 상자 하나가 터져버려 반 상자 정도의 책을 잃어버렸는데, 공교롭게도 강의 노트도 그 안에 있었다. 운송국에 책임을 물어 찾아달라고 했으나 종내 회신이 없었다. 그의 사진만은 지금까지도 베이징에 있는 나의 집 동쪽 벽 책상 맞은편에 걸려 있다. 밤마다 지쳐 게으름을 피울 때면 등불 밑에서 검고 야윈 그의 모습을 쳐다본다. 억양이 드문드문한 말투로 말을 하려는 것 같아 나는 흠칫 양심의 가책을 받고 용기를 내곤 한다. 그리하여 담배를 한 대 붙여 물고는 다시 계속해서 '정인군자' 무리에게 미움을 사게 될 글을 써 내려간다.

「후지노 선생」, 『아침꽃을 저녁에 줍다』
(1926년 10월 12일)

10
20

진실을 말함에는 지극히 커다란 용기가 있어야
만 한다. 가령 이런 용기가 없어 허위에 안주한
다면, 그야말로 새로운 삶의 길을 열 수 없는 인
간이 되고 만다.

　　　　　「죽음을 슬퍼하며」, 『방황』(1925년 10월 21일)

10
21

주위는 광대한 공허이고 또 죽음의 정적이 있었다. 사랑이 없어 죽는 인간들의 눈앞의 암흑이 내게는 마치 하나하나 보이는 것 같고, 또한 일체의 고민과 절망의 몸부림 소리도 들려오는 것 같았다.

「죽음을 슬퍼하며」, 『방황』(1925년 10월 21일)

주인장

뜻밖에도 한밤중에 잠에서 깨어 기침을 계속하고 있소. 그래서 미안하게도 열 시의 약속은 지킬 수 없을 듯하오. 부탁이 하나 있는데, 전화를 해서 스토 선생을 불러줄 수 있겠소? 빨리 좀 부탁하오. 그럼 이만

10월 18일 L 배상[*]

---

[*] 다음날인 1936년 10월 19일 새벽 5시 25분 루쉰 사망.

진정한 지식 계급은 이해를 따지지 않습니다.
만약 온갖 이해관계를 따진다면 그는 가짜이
고, 지식인을 사칭하는 지식 계급입니다. 그런
데 이런 가짜 지식 계급만이 수명이 비교적 오
래갑니다. …… 진정한 지식 계급의 진보는 결
코 이처럼 빠르지 않습니다. 하지만 그들은 사
회에 대해서 영원히 만족하지 않습니다. 스스
로 느끼는 것도 영원히 고통스럽고, 보는 것도
영원히 결점 투성이입니다. 그들은 미래의 희
생을 준비하고 있고 사회도 그들이 있음으로써
뜨거워집니다. 하지만 그들 자신은 심신 모두
가 고통스럽습니다. 이것도 구식 사회가 물려
준 유물이기 때문입니다.

「지식 계급에 관하여」, 『집외집습유보편』
(1927년 10월 25일)

10
24

세상에는 분투하지 않는 자를 위해 활로를 열
어주는 일은 결코 없다.

「죽음을 슬퍼하며」, 『방황』(1925년 10월 21일)

나는 예전에 혼자서 샤먼대학에 있는 적막하고 커다란 양옥에서 거주했던 적이 있습니다. 밤이 되면 나는 늘 외롭게 생각에 잠기곤 했습니다. 모든 걸 생각했습니다. 세계는 어떠하고 인류는 어떠한가? 이렇듯 고요하게 사색하다 보면 나 자신이 대단하다고 생각했습니다. 그러다 모기에게 한 번 물리면 펄쩍 뛰게 됩니다. 세계 인류의 중대한 문제도 깡그리 잊게 됩니다. 나는 여전히 나 자신에게서 벗어날 수 없었습니다.

「지식 계급에 관하여」, 『집외집습유보편』
(1927년 10월 25일)

나는 나 자신이 비겁자임을 알았다. 비겁자는 당연히 강한 사람들에 의해 그것이 진실한 인간이든 허위의 인간이든 간에 배격되지 않으면 안 된다.

「죽음을 슬퍼하며」, 『방황』(1925년 10월 21일)

10

27

진실로 '독이 없으면 대장부가 아니다.' 그러나 필묵으로 드러내는 독은 작은 독에 지나지 않는다. 최고의 경멸은 무언無言이다. 그것도 눈 한 번 깜빡하지 않는 채로.

「반하소집」, 『차개정잡문 말편』(1936년 10월)

각성한 부모는 전적으로 의무를 다하고 이타적 희생적이어야 하는데, 그렇게 하기란 쉽지 않고 중국에서는 더더욱 쉽지 않다. 중국의 각성한 사람들이 어른에게 순종하고 어린 사람을 해방하기 위해서는 한편으로 낡은 것들을 청산하고, 다른 한편으로 새 길을 개척해야 한다. 바로 처음에 말한 바와 같이 스스로 인습의 무거운 짐을 짊어지고 어둠의 갑문을 어깨로 막아버티면서 그들이 밝은 곳으로 갈 수 있게 하고, 그 뒤 그들이 행복하게 살아가고 도리에 맞게 사람 노릇을 하도록 해야 한다.

「우리는 지금 어떻게 애비 노릇을 해야 하나?」,
『무덤』(1919년 10월)

10
29

새로운 삶의 길은 물론 얼마든지 있다. 나도 그것을 알고 있었다. 간혹 그 길은 희미하게 보여 바로 내 눈앞에 있는 것처럼 느껴지기도 했다. 그러나 나는 아직 거기에 들어서는 첫걸음을 떼는 방법을 모른다.

「죽음을 슬퍼하며」, 『방황』(1925년 10월 21일)

10
30

예전에는 내가 며칠 더 살기를 바라는 이들이 있었고, 나도 그러고 싶었던 때가 있었는데 살아갈 수 없었네. 그런데 지금은 거의 그럴 필요가 없어졌는데도 살아가야 하네.

「고독한 사람」, 『방황』(1925년 10월 17일)

이 반년 동안 나는 또 수많은 피와 눈물을 보았지만 내게는 잡감<sup>雜感</sup>만 있었을 따름이다. 눈물은 닦아내고 피는 사라졌다. 도살자들은 유유자적 또 유유자적하면서 강한 칼을 쓰기도 하고, 무딘 칼을 쓰기도 한다. 하지만 내게는 '잡감'만 있었을 따름이다. '잡감'조차도 '마땅히 가야 할 곳에 던져졌을' 때, 그리하여 내게는 '따름'만 있었을 따름이다!

「『잡감집』 뒤에」, 『잡감집』(1926년 10월 14일)

# 11월
# November

다른 사람의 길을 이끌어 주는 것은 쉽지 않다. 나 자신도 어떤 길을 가야 할지 모르기 때문이다. 아마도 중국에는 청년들의 '선배'와 '스승'이 많이 있는 듯한데, 나는 그런 사람이 못되고, 선배나 스승이란 사람들도 믿지 않는다. 내가 확실히 아는 것은 종점, 곧 무덤이다. 하지만 이건 다들 알고 있는 것이라 누가 이끌어줄 필요도 없다. 문제는 거기까지 가는 길이다. 당연하게도 그 길은 한 갈래만 있는 게 아닌데, 지금도 여전히 찾고는 있지만 나라고 어느 길이 좋은 길인지 알고 있을까?

「『무덤』 뒤에 쓰다」, 『무덤』(1926년 11월 11일)

오늘날 세상은 옛날과 같지 않아 실리를 존중하는 것도 가능하고 방법을 모방하는 것도 가능하다. 그러나 큰 흐름에 휩쓸리지 않고, 올연히 물결을 가로질러 옛 현인들처럼 미래에 아름다운 열매를 맺을 씨앗을 지금 뿌리고, 뿌리가 튼튼한 행복의 품종을 조국에 옮겨 심을 수 있는 사람 역시 사회로부터 요구하지 않을 수 없고, 또한 마땅히 사회가 요구하는 사람이 되어야 할 것이다.

「과학사교편」(1907년)

만약 내가 쓴 모든 글이 정녕 차가운 것이라면?
그렇다면 그것의 생명은 애초부터 없었던 것이
므로 중국의 병증이 필경 무엇인지는 더욱 문
제 되지 않는다. 그런데 무정한 냉소와 인정 어
린 풍자는 종이 한 장 차이도 나지 않는 법이다.
주위의 느낌과 반응에 대해서는 소위 "물고기
가 물을 마실 때 차가운지 뜨거운지를 절로 아
는 것과 같다"라고 할 수 있다. 주위의 공기는
너무나 차갑게 느껴진다. 하지만 나는 나의 말
을 하고 있으므로 오히려 그것을 일러 『열풍』
이라 부르기로 한다

「제목에 부쳐」, 『열풍』(1925년 11월 3일)

중국의 혁명가들이 누차 좌절했던 것은 내가 생각하기에는 이 점을 소홀히 넘겼기 때문이다. 작은 승리를 거두면 곧 승전가에 도취되어 나태해지고 망각에 빠진다. 그러는 사이에 적들은 허점을 파고든다. …… 이런 축하는 혁명과 아무 관계가 없다. 이런 사람들이 많아지면 혁명 정신은 도리어 부화해지고 천박해지다 소멸되어 다시 복고로 나아가게 마련이다.

「상하이와 난징 탈환을 축하하는 자리에서」,
『집외집습유보편』(1927년)

내 설익은 열매가 오히려 내 과일을 편애하는 사람들을 독살하지는 않을까. …… 그래서 나는 말할 때 항상 얼버무리다 중간에 그만두게 되며, 마음속으로 나를 편애하는 독자들에게 주는 선물 가운데 '무소유'만한 것이 없지 않을까 생각해 본다.

「『무덤』 뒤에 쓰다」, 『무덤』(1926년 11월 11일)

대저 예전의 중국은 본래 물질을 숭상하고 천재를 질시했으니, 선왕의 은택은 날로 절멸되고 외부의 압력을 받는 데까지 이르러 마침내 쇠퇴하여 자기조차 보존할 수 없게 되었다. 그런데 하찮은 재주와 지혜를 가진 무리가 크게 부르대고 떠벌이며 물질로써 말살하고 다수로 억압하여 개성이 남김없이 박탈당했다. 과거에는 중국 내부에서 자체적으로 생겨난 반신불수였다면, 지금은 왕래를 통해 전해진 새로운 질병을 얻게 되었으니, 이 두 가지 질병이 갈마들며 중국의 침몰을 더욱 가속화하고 있다. 오호라. 미래를 생각하면 이제는 어찌할 도리가 없도다!

「문화편향론」, 『무덤』(1907년)

나는 원래 지옥에 떨어지는 것을 그다지 좋아하지 않았습니다. 왜냐하면 눈에 가득 들어오는 것은 칼산과 검나무刀山劍樹밖에 없어서 너무 단조로워 보이고 고통도 감당하기 어려울 것이기 때문입니다. 지금은 또 천당에 가는 것이 좀 두렵습니다. 사시사철이 다 봄이고, 1년 내내 복사꽃을 보러 오라고 청할 테니 생각해 보면 얼마나 재미가 없을 것인가요. 설사 그 복사꽃이 차 바퀴만큼 크다 할지라도 처음 가서 봤을 때나 잠깐 놀랍지 날마다 "복사꽃 화사하고"라는 시 한 수를 쓸 수 없을 것입니다.

「샤먼통신(2)」, 『화개집 속편의 속편』
(1926년 11월 7일)

확실히 나는 수시로 다른 사람을 해부하지만 더욱 무정하게 나 자신을 해부하는 경우가 더 많다. 조금이라도 드러내면 따스한 것을 좋아하는 이들은 이미 냉혹하다고 느끼니 내 피와 살을 완전히 드러낸다면 결말이 어떻게 될지 모르겠다. 때로는 이런 방식으로 주변 사람을 쫓으려 하는데, 그때도 나를 미워하여 버리지 않는다면 설령 요사한 도깨비나 귀신일지라도 내 벗이니, 이들이야말로 진정한 벗이다. 이런 이들조차 없다면 혼자라도 괜찮다.

「『무덤』 뒤에 쓰다」, 『무덤』(1926년 11월 11일)

11
09

문예비평가에 대한 나의 희망은 훨씬 소박하다. 그들이 남의 작품을 해부하고 재판하기 전에 미리 자신의 정신부터 한번 해부하고 재판하여 자신에게 천박하고 비열하고 황당무계한 점이 없는지 살펴보기를 감히 바라지는 않는다. 왜냐하면 이것은 여간 어려운 일이 아니기 때문이다. 나의 희망은 그저 그가 약간의 상식을 갖추기를 바라는 것에 지나지 않는다.

「비평가에 대한 희망」, 『열풍』(1922년 11월 9일)

만일 당신이 개인주의를 얘기하거나 멀리 우주 철학과 영혼의 유무에 대해 논한다면 그건 괜찮습니다. 그러나 일단 사회 문제를 얘기한다면 바로 병폐가 생기게 마련입니다. 베이징은 아직 괜찮을지 모르겠지만, 만일 상하이에서 사회 문제를 거론하면 그것은 곧바로 병폐가 발생하지 않고서는 안 됩니다. 사회 문제 거론은 위험이 도사리고 있는 영험한 약이어서 항상 수없이 많은 청년이 납치되게 만들고 행방불명되게 만듭니다.

「올봄의 두 가지 감상」, 『집외집습유』

(1932년 11월 22일)

11
11

아직도 3, 4년 전 일이 기억난다. 학생 하나가 와서 내 책을 사고는 주머니에서 돈을 꺼내 내 손에 내려놓았는데, 그 돈에는 여전히 체온이 남아 있었다. 그 체온은 곧바로 내 마음에 낙인을 찍어놓아 지금도 글을 쓰려고 할 때면 항상 내가 이런 청년들을 독살하는 게 아닐까 하는 걱정에 머뭇거리며 감히 붓을 대지 못하고 있다.

「『무덤』 뒤에 쓰다」, 『무덤』(1926년 11월 11일)

자연이 인간에게 부여한 부조화는 여전히 많고, 인간 스스로 위축되고 타락하여 퇴보한 것도 여전히 많다. 그러나 생명은 결단코 그것 때문에 고개를 돌리지 않는다. 그 어떤 암흑이 사상의 조류를 가로막는다 해도, 그 어떤 비참함이 사회를 엄습한다 해도, 그 어떤 죄악이 인간이 가야 할 길을 모독한다 해도, 완전함을 갈망하는 인류의 잠재력은 이런 가시덤불을 딛고 앞으로 나아갈 것이다.

「생명의 길」, 『열풍』(1919년 11월)

11
13

스스로 이 오래된 귀신들에게서 등을 돌리려고 애쓰지만 떨쳐내지 못하고 늘 답답한 무게를 느낀다. …… 옛사람이 책에 쓴 혐오스러운 사상이 내 마음속에도 항상 있는 듯하다. …… 나의 이 사상을 늘 저주하면서 또 후세의 청년들에게 다시는 보이지 않게 되기를 바란다.

「『무덤』 뒤에 쓰다」, 『무덤』((1926년 11월 11일)

생명은 죽음을 두려워하지 않고, 죽음 앞에서 웃고 춤추며 멸망한 인간들을 뛰어넘어 앞을 향해 나아간다. 길이란 무엇인가? 길이 없는 곳을 밟고 지나가면서 생긴 것이고, 가시덤불을 헤쳐나가며 생긴 것이다. 예전에도 길은 있었고, 앞으로도 영원히 길은 있을 것이다. 인류는 적막할 수 없다. 생명은 진보적이고 낙천적이기 때문에…….

「생명의 길」, 『열풍』(1919년 11월)

11
15

중국인은 예로부터 스스로 큰 인물인 척하는 편이었다. 개인적으로 그러는 것이 아니라 군중도, 국가적으로 그러는 점이 아쉬울 따름이다. 이렇게 된 원인은 문화적 경쟁에서 패배한 뒤 다시 분발 약진하지 못했기 때문이다.

「수감록 38」, 『열풍』(1918년 11월 15일)

11
16

폭군 치하의 신민은 대체로 폭군보다 더 포악하다. 폭군의 폭정은 때로 폭군 치하에 있는 신민의 욕망을 채워줄 수 없다.

「폭군의 신민」, 『열풍』(1919년 11월)

11
17
세계는 오히려 바보들이 만들었으며, 총명한
사람은 결코 세계를 지탱할 수 없다.

「『무덤』 뒤에 쓰다」, 『무덤』(1926년 11월 11일)

몇몇 소년이 소란을 일으키자 왕진파王金發*가 군대를 거느리고 항저우로부터 진격해 왔다. 하긴 소란이 없었어도 들어왔을 것이다. 왕진파는 수많은 건달과 새로 들어온 혁명당에 둘러싸여 왕 도독이 되었다. 관청 안의 인간들도 무명옷을 입고 와서는 열흘도 못 되어 대부분 모피 두루마기로 바꾸어 입었다. 날씨는 아직 그렇게 춥지 않았다.

「판아이눙」, 『아침꽃을 저녁에 줍다』

(1926년 11월 18일)

---

* 왕진파王金發(1882~1915년)는 저장 성嵊 현 사람이다. 원래 절동浙東의 홍문회당洪門會黨, 평양당平陽黨의 지도자였으며, 뒤에 광복회에 가입했다. 신해혁명 이후 사오싱 군정분부 도독을 맡았고, 2차 혁명 후 1915년 7월 위안스카이의 주구인 저장 도독 주루이朱瑞에 의해 항저우에서 살해됐다.

대부분은 나태함 탓이겠지만, 가끔 나 자신이 마음이 해이해져 모든 사물에는 변화하는 가운데 다소간에 중간물이라는 것이 있다고 생각한다. 동물과 식물 사이에, 무척추동물과 척추동물 사이에 모두 중간물이 있다. 아니면 진화의 고리 중에서 모든 것은 다 중간물이라고 직설적으로 말할 수 있다. 최초에 문장을 개혁할 때는 이것도 저것도 아닌 작자가 몇몇 생기는 것은 당연한데, 그럴 수밖에 없고, 또 그렇게 할 필요도 있다. 그의 임무는 얼른 깨닫고 새로운 목소리를 질러대는 것이다.

「『무덤』 뒤에 쓰다」, 『무덤』(1926년 11월 11일)

우리는 거리를 한 바퀴 돌아보았다. 눈이 닿는 곳마다 흰 깃발이었다. 하지만 겉모습은 그랬지만 속내는 예전 그대로였다. 왜냐하면 여전히 몇몇 구 향신鄕紳이 군정부軍政府를 조직해 무슨 철도회사 대주주가 행정 책임자가 되고, 전장錢莊* 주인이 병기대장이 되었기 때문이다.

「판아이눙」, 『아침꽃을 저녁에 줍다』

(1926년 11월 18일)

* 중국에서 환전換錢을 업으로 하던 상업 금융 기관으로, 청나라 중기에 번영하였다.

11
21

내 생명의 일부분은 바로 이렇게 쓰여버렸으
니, 곧 그런 일을 했던 것이다. …… 요컨대 지
나가고 지나가며, 모든 것이 다 세월과 더불어
벌써 지나갔고, 지나가고 있고 지나가려 하고
있다. 하지만 그러할 뿐이지만, 이것이야말로
내가 아주 기꺼이 바라는 바이기도 하다.

「『무덤』 뒤에 쓰다」, 『무덤』(1926년 11월 11일)

상하이 사변이 일어나고 이제 막 일 년 되어가려 합니다만* 모두 일찌감치 잊어버린 것처럼 지내고 있습니다. 마작을 하는 사람은 여전히 마작을 하고 춤을 추는 사람은 여전히 춤을 춥니다. 잊혀지는 것은 하는 수 없이 잊어야겠지요. 온전히 모든 것을 기억한다면 아마 머리도 감당하질 못할 것입니다. 이런 것들은 기억하고 있으면 다른 것들은 기억할 틈이 없어지게 될 것입니다.

「올봄의 두 가지 감상」, 『집외집습유』

(1932년 11월 22일)

---

\* 상하이사변은 1932년 1월 28일에 일어났고 이 강연은 1932년 11월 22일에 있었다.

11
23

나에게 계시를 준 것은 현실입니다. 그것도 외국의 현실이 아니라 중국의 현실입니다.

「야오커에게 보내는 편지」, 『서신집』
(1933년 11월 15일)

11
24

우리를 보존하는 것이 분명 첫 번째 진리이다. 국수國粹건 아니건 그것이 우리를 보존할 수 있는 힘이 있는지 물어보면 된다.

「수감록 35」, 『열풍』(1918년 11월 15일)

11
25

생각해 보면 인류의 멸망은 아주 적막하고 비애스러운 일이다. 그런데 몇몇 사람의 멸망은 오히려 적막하고 비애스러운 일이 아니다. 생명의 길은 진보의 길이다. 그것은 언제나 무한한 정신의 삼각형 빗변을 따라 위로 올라간다. 그 어떤 것도 그것을 저지하지 못한다.

「생명의 길」, 『열풍』(1919년 11월)

모든 건 따져봐야 아는 법. 예전에는 늘상 사람을 잡아먹었다는 사실을 나 역시 기억하고 있지만 그렇게 확실한 것은 아니다. 그래서 역사책을 한번 뒤적여 보았다. 이 역사책에는 연대도 없고 매쪽 '인의도덕' 몇 글자가 삐뚤빼뚤 쓰여 있었다. 나는 이리 뒹굴 저리 뒹굴 잠을 못 이루며 오밤중까지 자세히 살펴보고 나서야 글자들 사이에서 또 다른 글자를 찾아냈다. 책에 빼곡히 적혀 있는 두 글자는 '식인'이었다.

「광인일기」, 『외침』(1918년)

11
27

무릇 제단 앞에서 희생이 피를 흘린 뒤에 사람
들에게 남겨진 것은 사실 고기를 나누는 일뿐
이다.

「작은 일을 보면 큰 일을 알 수 있다」, 『열풍』
(1922년 11월 18일)

대개 시인은 마음을 어지럽히는 자이다. 모든 사람 마음에는 시가 있다. 시인이 시를 짓지만 시는 시인 혼자만의 것이 아니다. 무릇 시를 읽고 마음으로 이해할 수 있는 자는 누구나 시인의 시를 갖고 있다.

「마라시력설」, 『무덤』(1908년)

요 근래 진화라는 말은 거의 상식이 되어버렸
다. 새로운 것을 좋아하는 이들은 그 말을 좋은
의미로 사용하고, 옛 것에 매어 있는 이들은 인
류를 원숭이와 동급으로 보는 것이라 하여 전
력을 다해 저지하려 한다. …… 그러나 인류 진
화설은 실제로는 만물의 영장을 모독한 적이
없다. 낮은 데서 높은 곳으로 날마다 무한히 전
진한다는 것은 인류의 능력이 다른 동물들보다
훨씬 뛰어나다는 사실을 더 잘 보여주고 있으
니, 계통이 어떻게 시작되었는가 하는 게 어찌
수치스러운 일이겠는가?

「인간의 역사」, 『무덤』(1907년)

젊은 시절에는 나도 수많은 꿈을 꾸었다. 나중에는 대부분 잊어버렸지만, 그렇다고 애석해하지는 않았다. 이른바 추억이란 사람을 즐겁게 하기도 하지만 어떤 때는 적막하게 만들기도 한다. 이미 지나가버린 적막한 시간을 정신의 실오라기로 붙들어 매어둔들 무슨 의미가 있으랴. 나는 오히려 그것들을 완전히 잊어버릴 수 없는 게 고통스러울 따름이다. 이렇듯 완전히 잊어버릴 수 없었던 일부의 기억이 지금 『외침』을 쓰게 된 빌미가 되었다.

「자서」, 『외침』(1922년 12월 3일)

# 12월
# December

12
01

그 사건이 있은 뒤 나는 의학은 그다지 요긴한 일이 아니라는 생각이 들었다. 무릇 우매한 국민은 그 체격이 아무리 건장하고 우람한들 그런 조리돌림의 대상이나 구경이 될 뿐이었다. 병으로 죽어 가는 인간이 얼마가 되었든 그런 것쯤은 불행이라고 할 수 없는 것이다. 그래서 우리가 제일 먼저 해야 할 일은 그들의 정신을 뜯어고치는 것이었다. 당시 내가 생각하기에 정신을 뜯어고치는 데 좋은 것은 문예를 추진하는 일이었다. 그래서 문예운동을 제창하려고 했다.

「자서」, 『외침』(1922년 12월 3일)

일본 땅은 바야흐로 가을빛이

완연할 제[扶桑正是秋光好]

붉은 단풍잎 초겨울을

비추고 있겠네[楓葉如丹照嫩寒]

늘어진 버드나무 꺾어 돌아가는 길손

전송하니[却折垂楊送歸客]

이 마음 동쪽으로 떠나는 배를 따라

지난 시절 그리네[心隨東棹憶華年]

　　　　　마스다 와타루 군의 귀국을 전송하며*

　　　　　　　　　　(1931년 12월 2일)

* 마스다 와타루는 일본의 중국문학자로 1931년 상하이에 왔다가 루쉰을 만나 거의 매일 루쉰의 가르침을 받다가 그 해 12월 12일 일본으로 돌아갔다. 루쉰은 마스다와의 이별을 아쉬워하며 이 시를 지어 그에게 주었다.

12
03

내 생각으로는 만약 중국이 혁명을 하지 않는다면 아큐도 안 하겠지만, 혁명을 한다면 아큐도 한다. 우리 아큐의 운명은 이럴 수밖에 없는 것이 아니고, 성격도 두 개가 아닐 것이다. 중화민국 원년은 이미 지나가버려 추적할 수도 없다. 하지만 이후에 다시 개혁이 있다면 아큐와 같은 혁명당이 분명 나타나리라 믿는다. 나도 소설 속 이야기가 사람들이 말하듯이 지금보다 먼저 일어난 시기의 일이길 바란다. 하지만 내가 본 것은 현대 이전에 일어난 일이 아니라 현대 이후에 일어난 일이거나 어쩌면 20~30년 후에 일어날 일일지도 모르겠다.

「〈아큐정전〉이 만들어진 까닭」,
『화개집 속편의 속편』(1926년 12월 3일)

아큐의 귀에도 혁명당이라는 말이 진즉부터 들려왔다. 금년에는 또 직접 혁명당을 죽이는 걸 본 적도 있었다. 하지만 그는 어디서 든 생각인지는 몰라도, 혁명당은 반란이고 반란은 그에게 고난이 되므로, 줄곧 이를 "통절히 증오하고" 있었다. 그런데 뜻밖에도 인근 백 리에 걸쳐 이름이 뜨르르한 거인 나리께서도 저렇듯 두려워한다니 그로서는 '신명'이 나지 않을 수 없었다. 하물며 웨이좡의 일군의 눈꼴사나운 것들이 허둥대는 꼴은 아큐를 더욱 더 유쾌하게 만들었다.

'혁명이란 것도 괜찮구나.'

「아큐정전」, 『외침』(1921년 12월)

정치는 현상을 유지하여 통일시키려 하고, 문예는 사회의 진화를 촉진하여 점점 분리하게 하려 합니다. 문예는 사회를 분열시키지만 이렇게 함으로써 사회는 비로소 진보하기 시작합니다.

「문예와 정치의 갈림길」, 『집외집』(1927년 12월 21일)

어지간하게 살아가다가 밑바닥으로 떨어져 본
사람이라면 그 길에서 세상 인심의 진면목을
알 수 있으리라 생각한다. 내가 N[난징]으로
가서 K학당*에 들어가려 했던 것도 다른 길을
걸어 다른 곳으로 도망쳐 다른 사람들을 찾아
보기 위한 것이었을 게다. 어머니는 어쩔 도리
없이 8원의 여비를 마련해 주시면서 네가 알아
서 하라고 말씀하셨다. 그러면서 어머니는 우
셨다. 당시는 공부를 해서 과거시험을 치는 게
정도였고, 이른바 양무洋務를 배우는 것은 사회
적으로 갈 곳 없는 사람들이 영혼을 서양 오랑
캐에게 팔아넘기는 것으로 치부되어 갑절의 수
모와 배척을 당해야 했기 때문이다. 하물며 어
머니는 자기 아들을 볼 수 없었음에랴.

「자서」, 『외침』(1922년 12월 3일)

---

* K학당은 루쉰이 1898년 난징에 가서 다녔던 '강남수사학당
江南水師學堂'을 가리킨다. 루쉰은 그 이듬해에 강남육사학당
江南陸士學堂 부설 광무철로학당鑛務鐵路學堂에 다시 입학해
1902년 졸업한 뒤 청 정부의 장학생으로 일본에 유학갔다.

자유는 물론 돈으로 살 수 있는 것이 아니다. 하지만 돈에 팔릴 수는 있다. 인류에게는 한 가지 큰 결점이 있다. 자주 배가 고픈 것이다. 이 결점을 보완하기 위하여, 그리고 인형이 되지 않기 위하여 현금의 사회에서 가장 중요한 것은 경제권이다. 따라서 첫째, 가정에서 남녀 간에 균등한 분배가 이루어져야 한다. 둘째, 사회에서 남녀 간에 동등한 힘을 지녀야 한다. 그런데 유감스럽게도 나는 이런 권리를 어떻게 해야 획득할 수 있는지 알지 못한다. 단지 아는 것이라고는 싸워야 한다는 것이다. 참정권을 요구하는 것보다 더 격렬한 싸움을 해야 할지도 모른다.

「노라는 떠난 후 어떻게 되었는가」, 『무덤』
(1924년 12월 26일)

우리는 도대체 '페어플레이'를 해서는 안 되는 것인가? 나는 즉시 이렇게 대답할 수 있다. 물론 해야 한다. 하지만 아직은 이르다. …… 중국은 특별한 나라 사정이 있어 외국의 평등이니 자유니 하는 등등의 것들을 적용할 수 없다고 말하지 않았던가? 나는 이 '페어플레이'라는 것도 그 가운데 하나라고 생각한다. 그렇지 않다면 그가 당신에게 '페어'하지 않는데 당신이 오히려 그에게 '페어'한다면, 그 결과 자기만 손해를 보게 된다. '페어'하려 해도 그렇게 할 수 없을 뿐 아니라 '페어'하지 않으려 해도 그렇게 할 수 없는 것이다.

「페어플레이는 아직 이르다」, 『무덤』
(1925년 12월 29일)

12
09

나 자신은 비록 끝없는 슬픔에 빠져 있었지만
오히려 분노하지 아니하였다. 그것은 이와 같
은 경험이 나를 반성케 하고 자신을 바라보게
해주었기 때문이다. 나는 결코 한 손을 높이 쳐
들기만 하면 호응하는 이들이 구름처럼 모여드
는 그런 영웅은 아니었던 것이다. 다만 나 자신
의 적막감은 내게 너무 고통스러웠기에 떨쳐버
리지 않으면 안 되었다.

「자서」, 『외침』(1922년 12월 3일)

중국인들이 사서 고생하는 근본 원인은 받들어 올리기만 좋아하는 데 있다. 스스로 다복多福함은 구하는 것은 파내는 데 있다. 사실 어느 쪽이나 드는 힘은 비슷하다. 그런데도 타성에 젖은 사람들은 역시 받들어 올리는 쪽이 힘이 덜 든다고 생각하고 있다.

「이것과 저것」, 『화개집』(1925년 12월 10일)

12
11

아큐의 이미지가 내 마음속에 있어 온 지는 확실히 몇 년 쯤 되었다. 그러나 그에 대해 쓸 생각은 조금도 들지 않았다. 그런데 그[루쉰의 제자이자 잡지사 편집자인 쑨푸위안<sup>孫伏園</sup>]의 제안에 갑자기 생각이 나서 저녁에 조금 써본 게 제1장인 서문이었다. [처음에는] '즐거운 이야기'라는 꼭지의 성격에 들어맞게 가벼운 마음으로 꼭 필요하지 않은 익살을 덧붙였는데, 사실 소설 전체적으로 봤을 때도 별로 어울리지 않았다.

「〈아큐정전〉이 만들어진 까닭」,
『화개집 속편의 속편』(1926년 12월 3일)

나 자신은 이제 어떤 절박한 마음으로 부득이
하게 말을 해야만 하는 그런 사람은 결코 아니
라고 생각한다. 하지만 그 당시 나 자신의 적막
한 비애를 아직도 잊을 수 없기에, 때로 어쩔 수
없이 몇 마디 고함을 내질러 적막 속에서 분투
하는 용사를 위로함으로써 거리낌 없이 앞장서
게 했다. 나의 함성이 용맹한 것인지 슬픈 것인
지, 가증스러운 것인지, 가소로운 것인지 돌아
볼 겨를은 없다.

「자서」, 『외침』(1922년 12월 3일)

"만약에 말이네. 창문도 없고 절대 부술 수도 없는 쇠로 만든 방이 한 칸 있다고 치세. 거기에 많은 사람이 깊이 잠들어 있네. 머지않아 숨이 막혀 죽을 거야. 하지만 깊이 잠이 든 상태이니 무슨 죽음의 비애 같은 건 느끼지 못하겠지. 그런데 지금 자네가 큰소리를 질러 비교적 의식이 있는 몇 사람을 깨운다고 하세. 그러면 이 불행한 몇 사람은 가망 없는 임종의 고통을 느끼게 될 텐데, 그렇게 되면 자넨 그 사람들에게 미안하지 않겠나?"

「자서」, 『외침』(1922년 12월 3일)

'문학혁명'에 대한 직접적인 열정이 아닌 바에야 왜 집필하게 되었는가? 생각해 보면 그것은 대부분 열정이 있는 자들에 대해 동감했기 때문이었다. 내 생각에 이러한 전사들은 비록 적막한 가운데 있기는 하지만 생각하는 바는 틀리지 않으므로, 몇 마디 소리를 질러 그 위세를 돋우어주려고 했던 것이다. 우선은 이것을 위해서였다. 당연하게도 여기에는 구사회의 병근을 폭로해 그 치료 대책을 강구하도록 사람들의 주의를 환기하려는 희망도 약간은 있었다. 그러나 이 희망을 달성하자면 선구자들과 동일한 보조를 취해야만 했다. 그래서 나는 어두움을 지워버리고 즐거운 모습을 보여줌으로써 작품이 얼마간 밝은 빛을 띠게 했다. 그것이 바로 후에 총 14편의 단편을 묶어 출간한 『외침』이다.

「『자선집』 자서」, 『남강북조집』(1932년 12월 14일)

음악은 또 얼마나 듣기 좋은가, 음악이여! 다시 한번 귀 기울여 보라. 애석하고도 한스럽게도 처마 아래에서 벌써 참새가 지저귀기 시작했다. …… 단 한 번의 외침만으로도 사람들이 대부분 놀라 진저리치는 올빼미의 듣기 고약한 소리는 어디로 갔을까!?

「음악」, 『집외집』(1924년 12월 15일)

사람들은 망각할 수 있기에 자기가 겪은 고통에서 점차 벗어날 수도 있지만, 망각 때문에 가끔 앞사람들이 범한 오류를 그대로 다시 범하게 된다. 학대받던 며느리가 시어머니가 되면 언제 그랬느냐는 듯이 며느리를 학대한다. 지금 학생들을 증오하고 있는 관리들은 모두 학생일 때 관리를 욕했던 사람이다. 지금 자녀를 억압하는 자 중 혹자는 십 년 전만 하더라도 가정 혁명을 주장하는 사람이었다. 이것은 나이나 지위 때문이기도 하겠지만, 기억력이 나쁜 것도 큰 원인이다. 그 구제책은 각자가 노트를 한 권씩 사서 자신의 지금의 사상과 행동을 모조리 적어 두었다가 나이와 지위가 변한 다음에 참고하는 것이다.

「노라는 떠난 후 어떻게 되었는가」, 『무덤』
(1923년 12월 26일)

12
17

나는 알고 있다. 무릇 혁명 이전의 환상이나 이상을 지니고 있던 혁명 시인들은 자기가 희망을 노래하던 그 현실과 충돌하여 죽을 가능성이 많다. 현실로서의 혁명이 그런 시인들의 환상이나 이상을 깨뜨리지 못한다면 그런 혁명은 포스터 상의 공담일 뿐이다.

「종루에서」, 『삼한집』(1927년 12월 17일)

가장 무서운 것은 표리부동한 이른바 '전우'들
이지요. 왜냐하면 이들은 막을래야 막을 수 없
기 때문입니다. 이를테면, 사오보 같은 자들은
지금까지도 그 속을 알 수 없습니다. 후방을 방
비하기 위해서 저는 늘 옆으로 서 있을 수밖에
없습니다. 그러자면 정면으로 적과 맞설 수도
없고, 전후를 다 살펴야 하기 때문에 힘도 많이
듭니다. 몸이 좋지 않은 것이야 나이 탓이니 그
들과 상관이 없지만 어떤 때 너무 화가 나기도
하는데, 그것은 너무 많은 기력을 허비한 탓에
그것을 제대로 썼더라면 얼마나 많은 성과를
낼 수 있었을까 하는 생각 때문입니다.

「양지원楊霽雲에게 보내는 편지」(1934년 12월 18일)

누가 중국의 백성들을 우매하다고 했는가. 이제까지 그들은 우롱과 사기와 압박을 당해 왔음에도 이렇듯 사리에 밝다. 장다이張岱는 또 이렇게 말했다. "충신과 의사는 나라가 망해 갈 때 많이 나타난다. 돌을 쳐서 불이 붙자 반짝하더니 이내 꺼져버리는 것처럼 군주가 재빨리 보존하지 않으면 불씨는 사라진다."(「월절시소서越絕詩小序」) [하지만] 그가 지적한 '군주'는 명의 태조로서 현재의 상황과는 부합하지 않는다. 돌이 남아 있는 한 불씨는 사라질 리가 없다. 하지만 나는 9년 전의 주장을 다시 말하고자 한다. 두 번 다시 청원하지 말기를!

「'제목을 짓지 못하고' 초고(6-9)」, 『차개정잡문 2집』

(1935년 12월 18일에서 19일 사이)

사람의 피부 두께는 대략 반 푼이 되지 않을 것이다. 선홍빛의 뜨거운 피가 그 밑을 따라, 담장 위에 빽빽하게 층층이 기어 올라가는 회화나무 자벌레보다 더 조밀한 혈관 속을 분주히 흘러 따스한 열기를 흩뿌린다. 그렇게 각자 이 따스한 열기로 서로를 유혹하고, 선동하고, 이끌리고, 필사적으로 의지할 바를 희구하면서 키스하고 포옹하며, 그렇게 생명의 달콤한 크나큰 환희를 얻는다.

「복수」, 『들풀』(1924년 12월 20일)

저는 매번 문예와 정치가 때로 충돌하고 있다
고 느낍니다. 문예와 혁명은 원래 상반된 것이
아닙니다. 양자 사이에는 오히려 현상에 안주
하지 않는다는 공통점이 있습니다. 그러나 정
치는 현상을 유지하려 하기 때문에 당연하게도
현상에 안주하지 않는 문예와는 다른 쪽에 처
해 있습니다. 그런데 현상에 만족하지 않는 문
예는 19세기 이후에야 일어났기에 짧은 역사
를 갖고 있을 따름입니다. 정치가는 사람들이
그의 의견에 반항하는 것을 제일 싫어합니다.
그런데 예전 사회에서는 확실히 무언가를 생각
하는 사람도 없었고, 입을 열려는 사람도 없었
습니다.

「문예와 정치의 갈림길」, 『집외집』(1927년 12월 21일)

어떤 승리자는 적수가 호랑이나 매 같아야 비로소 승리의 기쁨을 느낀다. 만약 양이나 병아리 같으면 승리하더라도 오히려 무료감을 느낄 따름이다. 또 어떤 승리자는 모든 것을 정복한 뒤 죽을 자는 죽고, 항복할 자는 항복하여, "신은 황공하옵게도 죽을 죄를 지었나이다"라는 말을 듣게 되면, 이미 그에게는 적도 없고 맞수도 없고 벗도 없이 오로지 자기 한 몸 고독하고 쓸쓸하며 적막하게 남게 되어 오히려 승리의 비애를 느낄 따름이다. 하지만 우리의 아큐는 그렇게 빈약한 인물이 아니었다. 그는 영원히 득의양양했다. 이건 어쩌면 중국의 정신 문명이 전 세계의 으뜸이라는 하나의 증거인지도 모른다.

「아큐정전」, 『외침』(1921년 12월)

만약 '페어'를 받아들일 자격이 없는 사람이라면 전혀 예를 갖추지 않아도 된다. 그놈도 '페어'하게 되었을 때, 그때 가서 다시 그놈과 '페어'를 따져도 늦지 않다. …… 그래서 만약 '페어플레이' 정신을 널리 시행하려는 사람이 있다면, 나는 최소한 이른바 '물에 빠진 개'들이 인간다움을 갖출 때까지 기다려야 한다고 생각한다.

「페어플레이는 아직 이르다」, 『무덤』
(1925년 12월 29일)

낯선 이들 속에서 홀로 외치는데도 아무 반응이 없으면, 곧 찬동도 없고 반대도 없으면 마치 끝없는 황량한 벌판에 홀로 내버려진 듯 어찌해볼 도리가 없게 된다. 이것은 얼마나 슬픈 일인가! 나는 이를 적막이라 여겼다. 이 적막은 또 하루하루 자라나서 마치 커다란 독사와 같이 내 영혼에 달라붙었다.

「자서」, 『외침』(1922년 12월 3일)

12
25

이전에 나는 내가 '지나치게' 쓴 곳이 꽤 있다고 생각했지만 근래에는 그렇게 생각하지 않는다. 지금 중국의 일은 설사 사실대로 묘사한다 해도 다른 나라 사람이나 혹은 장래에 훌륭한 중국 사람들이 보기에는 모두 그로테스크하다고 생각할 것이다. 나는 늘 내 딴에는 아주 괴상하다고 생각할 만큼 어떤 일을 상상해보는데, 그러다가 그러한 일에 부닥쳐보면 가끔 그것은 내가 상상한 것보다 더 그로테스크했다. 이런 일들이 발생하기 전에는 나의 좁은 식견으로써는 도저히 상상할 수도 없었다.

「〈아큐정전〉이 만들어진 까닭」,
『화개집 속편의 속편』(1926년 12월 3일)

미래에 대한 희망을 위해 사람들은 자신의 감각을 더욱 예민하게 하여 자신의 고통을 더욱 절절하게 느끼고 영혼을 불러일으켜 자신의 썩은 시체를 직시해야 합니다. 기만하고 꿈을 꿀 때만 위대해 보일 수 있는 것입니다. 그래서 나는 생각합니다. 만약 길을 찾아내지 못했다면, 우리에게 필요한 것은 꿈이라고. 다만 미래에 대한 꿈은 필요치 않고 눈 앞의 꿈만 필요할 따름입니다.

「노라는 떠난 후 어떻게 되었는가」, 『무덤』

(1924년 12월 26일)

12
27

잎사귀 하나에 단지 하나의 좀벌레가 파먹은 구멍이 새카만 테두리를 두른 채, 빨강, 노랑, 초록의 얼룩 속에서 맑은 눈동자처럼 사람을 응시하고 있다.

「말린 나뭇잎」, 『들풀』(1925년 12월 26일)

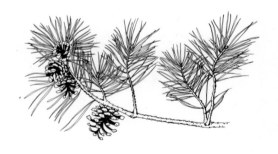

12
28

인생에서 가장 고통스러운 것은 꿈에서 깨어
났을 때 갈 수 있는 길이 없다는 것입니다. 꿈을
꾸고 있는 사람은 행복합니다. 만일 갈 수 있는
길을 찾지 못했다면, 가장 중요한 것은 그를 깨
우지 않는 것입니다.

「노라는 떠난 후 어떻게 되었는가」, 『무덤』

(1924년 12월 26일)

나의 소설이 예술과 거리가 먼 것이라는 사실을
상상할 수 있을 것이다. 그러나 오늘날 소설이
라는 이름으로 불리고 있고 게다가 한 권의 책
으로 낼 기회까지 얻고 보니 어쨌든 요행이라
하지 않을 수 없다. 다만 요행이라는 게 좀 마음
에 걸리긴 하지만, 이 세상에 잠시라도 읽어줄
사람이 있지 않을까 하는 허튼 생각이라도 해본
다면 아무튼 그나마 기쁜 일이라 하겠다.

「자서」, 『외침』(1922년 12월 3일)

현재를 위한 항쟁은 오히려 현재와 미래를 위한 전투이기도 하다. 현재를 잃어버리면 미래도 없기 때문이다.

「『차개정잡문』 서언」, 『차개정잡문』
(1935년 12월 30일)

우리에게 위로가 되는 것은 아무리 생각해봐도 이른바 미래에 대한 희망입니다. 희망은 존재와 함께 하는 것입니다. 존재가 있으면 희망이 있고, 희망이 있으면 빛이 있습니다. 역사가의 말이 헛소리가 아니라면, 세계의 사물이 암흑과 더불어 영원히 존재했던 선례는 아직 없습니다. 암흑은 점차 사멸해가는 사물에 빌붙을 수밖에 없습니다. 그것이 죽게 되면 암흑도 함께 사라집니다. 암흑은 결코 영원하지 않습니다. 하지만 미래는 영원히 존재할 것이며 또한 언제나 광명으로 빛날 것입니다. 암흑의 동반자가 되지 않고 광명을 위해 죽는다면, 우리에게는 반드시 유구한 미래가 있을 뿐 아니라 반드시 광명으로 빛나는 미래가 올 것입니다.

「강연 기록」, 『화개집 속편』(1926년 10월 14일)

## 편역자 | 조관희

조관희는 연세대학교 중어중문학과를 졸업하고 같은 학교 대학원에서 공부했다(문학박사). 상명대학교 교수로 학생들을 가르치고 있으며 한국중국소설학회 회장을 역임했다. 주요 저작으로는 『조관희 교수의 중국사』, 『조관희 교수의 중국 현대사』, 『소설로 읽는 중국사1·2』, 『청년들을 위한 사다리 루쉰』, 『후통, 베이징 뒷골목을 걷다』, 『베이징, 800년을 걷다』, 『교토, 천년의 시간을 걷다』 등이 있다. 루쉰의 『중국 소설사』와 데이비드 롤스톤의 『중국 고대 소설과 소설 평점』을 비롯한 많은 작품을 번역했고 다수의 연구 논문을 집필하였다. 상세한 정보는 홈페이지(www.amormundi.net)에서 얻을 수 있다.

# 매일 읽는 루쉰

초판 1쇄 발행 2024년 2월 5일

지은이 루쉰
편역자 조관희

펴낸이 이혜경
펴낸곳 니케북스
출판등록 2014년 4월 7일 제300-2014-102호
주소 서울시 종로구 새문안로 92 광화문 오피시아 1717호
전화 (02) 735-9515
팩스 (02) 6499-9518
전자우편 nikebooks@naver.com
블로그 nikebooks.co.kr
페이스북 www.facebook.com/nikebooks
인스타그램 www.instagram.com/nike_books

ⓒ 조관희, 2024

ISBN 979-11-89722-95-1 (03820)